編集ガール!

五十嵐貴久

祥伝社文庫

Contents

Story 1　会社って何？

1

長いキス。

あたしはキスが好きだ。学《まなぶ》とのキスはもっと好き。

いつまでもこうしていたい。時間の流れがゆっくりになる。

薄く目を開くと、学があたしの顔を見ているのがわかった。ちょっと、とあたしは学の唇から自分の唇を離した。

「何で見てんのよ」

「いや、どんな顔してるのかなって思って」

学ががりがりと頭を掻《か》いた。三十一歳という年齢のわりに幼い仕草だ。

「どんな顔って……こんな顔よ」

学が小さく笑った。

「とにかく見ないでよ」

「何で?」

「何でって……恥ずかしいじゃない」

いつものやりとりだった。学はキスの時、あたしの顔を見る癖《くせ》がある。

あたしもそれを知っている。知っていて、あえて言うのがあたしたちのイチャイチャだ。つきあって三年になるのだけれど、いつでも気分はつきあい始めた時のままだった。

「別に恥ずかしいようなことはしてないでしょうに」

「やだ。恥ずかしいの」

学がまた笑った。笑うな、バカ。

「今、何時?」

学が言った。あたしは壁の時計に目をやった。

「十一時過ぎ」

今日、あたしはいつものように定時で上がって原宿《はらじゅく》のマンションに帰った。

すぐに、今日は早く終わるからそっちに行くよとラインがあった。学がやってきたのは九時頃だ。

二人であたしが用意しておいた適当な食事を済ませ、何となくテレビのバラエティ番組を見ていた。

キスしたのはどういう流れだったのだろう。よく覚えていない。

まあ、あたしたちは何かあればすぐキスをするのも事実だ。何もなくてもキスしてしまう。キス好きなカップルなのだ。

「泊まってくでしょ？」

聞くまでもないことなのだけれど、あたしは聞いた。

学の家は代々木《よよぎ》だ。一人暮らしをしている。たまにだけど、学は残していた仕事があるからと言って終電で帰ってしまうことがある。編集者という特殊な仕事柄、それは仕方のないことだったので諦《あきら》めていた。

「ああ。今日は別に何もない」

学がうなずいた。あたしはちょっと嬉《うれ》しくなった。

「じゃあ、お風呂入る？」

「うん、入る入る……でもその前にオレのジャージ出してよ」

「わかった」

あたしはクローゼットの扉を開いた。透明なビニールケースの引き出しを開くと、そこに黒のジャージの上下が入っていた。

「はい。パンツもシャツもあるよ」

「サンキュー」

学がネクタイを外しながらワイシャツを脱いだ。大学時代アメフトをやっていたという学は、上半身が意外とたくましい。あたしはちょっとだけ目をそらした。

「ねえ、久美子《くみこ》」学がジャージの上を着た。「ちょっと頼みがあるんですけど」

「何?」

「軽く腹が減った」

「マジで?」

「うん」

「さっき食べたばっかりじゃない」

こんな時間に食べたら太るよ、とあたしは言った。学は百七十五センチ、六十五キロという標準体型だけれど、最近少しお腹回りに肉がつき始めている。

「わかってる。だけどさあ、減ったものは減ったのよ」

学が首を左右に振った。ダメだ。こんな時は何を言っても無駄なのだ。

「わかった。じゃあ、何か作る」

あたしはキッチンに立った。1Kの部屋だとこんな時は簡単だ。

あたしはパジャマ姿のまま、鍋《なべ》を取り出した。

「ラーメンでいい?」あたしは聞いた。「ていうか、それぐらいしかできないんですけど」

「ラーメン、百点」ラーメン気分だったのよ、と学が言った。「ラーメンいいねえ」

「インスタントだよ」

「十分十分」

下もジャージに着替えた学が出てきた。あたしの後ろに回る。

そのままあたしを軽く抱いた。百五十八センチ、四十八キロのあたしは、すっぽりと学の腕に収まった。

「ちょっと、学、ストップ。危ないって。お湯沸《わ》かしてるんだよ」

わかってるわかってる、と学があたしの体から離れた。おとなしく待っててください、とあたしは言った。

百点満点の微笑を浮かべながら、学がベッドの上に寝っころがった。その辺に置いてあった雑誌のページをぱらぱらとめくっている。

あたしはインスタントラーメンの袋を破った。ちょっと幸せだ。麵《めん》をはしでつつきながら、そう思った。

こんな時間がいつまでも続けばいい。あたしは幸せだ。

「ラーメン。まだ?」

学が欠伸《あくび》まじりの声でそう言った。ちょっと待って、と言いながらあたしはガスコンロの火を落とした。

2

朝、いつものように六時半に起きた。学はよく眠っている。起こさないようにそっとベッドから降りて、まず顔を洗った。それからキッチンに行き、そこの小さなテーブルでグレープフルーツを半個食べた。

あたしの朝食はいつもこんなものだ。朝に弱いということもあるし、ダイエットという意味もあった。

あたしの身長で四十八キロだと、少しぽっちゃりしている。気をつけないと数年後には五十の大台に乗ってしまうだろう。グレープフルーツ半個というのは、それに対する備えでもあった。

それから歯を磨《みが》き、もう一度今度は念入りに顔を洗った。

次はいよいよメイクだ。あたしはそんな派手な顔立ちをしているわけではないので、ナチュラルメイクだが、それでもメイクはメイクだ。社会人として必要最低限のことをしなければならないだろう。そしてパジャマを脱ぎ、ベージュのスーツを着た。

もう制服のようなものだ。そんなこんなであっという間に時間が過ぎてしまい、気がつけばもう八時半だった。

あたしはスーツ姿のまま納豆のパックを開け、ついているタレをかけて、かきまぜた。お味噌汁《みそしる》を作り、同時に卵焼きも作った。

毎度おなじみで芸がないのだけれど、学は和食が好きなので、どうしてもこんな感じになってしまう。

あたしの料理の手際ははっきり言っていい方だ。味も悪くないと自分では思っている。掃除も洗濯も得意だ。自慢ではないけれど、結婚したらいい妻になれる自信がある。

「起きてる？」

学に声をかけた。意味不明の返事があった。

あたしはベッドまで行った。ジャージ姿の学が体を起こしているところだった。

「……ういっす」

学が片手を挙げた。顔は下げたままだ。

学の欠点はいくつかあるけれど、その中でも大きいのは朝に弱いことだった。彼はあたしより朝には弱い。体質的なものなんだ、と学は言うけれど、どうなんだろう。

「ご飯炊《た》いてあるから。自分でよそって食べてね」

「……ありがとうございます」

「食べたら、食器は水に浸《つ》けておいてね」

「……わかってる」

「じゃあ、先に行ってるから」

「はい」

「また後でね」

「はい」

張り合いのない返事を学が繰り返している。まあ、でも朝はだいたいこんなものだ。

あたしはバッグを取り上げて玄関へ向かった。のそのそと起き出した学がついてくる。

それもいつものことだった。

「じゃあね」

「ん」

「鍵締めるの忘れないで」

「わかってます」

じゃあね、と言おうとした唇が学のキスで塞《ふさ》がれた。軽いキスだったけれど、それもいつもの儀式だった。リップが取れちゃう、とあたしは学の肩を叩《たた》いた。

「いってらっしゃい」

「後でね」

あたしは玄関の扉を閉めて外へ出た。六月に入ったばかりだったけど、まだ梅雨《つゆ》はやってきていない。

寒くもなく暑くもない、過ごしやすい日だった。あたしは原宿駅までの道を歩き出した。

あたしの勤めている会社は有楽町《ゆうらくちょう》にある永美社《えいびしゃ》という出版社だ。歴史はさほど古くない。去年がちょうど創業三十周年だった。今年は三十一年目ということになる。規模はどうなのだろう。すごく大きくはないが、決して小さくはない。上の部類に入るんじゃないだろうか。

社員数は学のような編集者や、あたしのような経理部員などを含めて、全部で三百人ほどいる。社歴のわりには立派なものだと思う。

設立当初は五、六人で始めた編集プロダクションのようなものだったという。初代の社長が創業後すぐに急死して、今の長沼《ながぬま》という社長に代替わりしたのだが、そこからの成長はすごかったそうだ。

社長自らが手掛けたノンフィクションやダイエットなどの企画本で業績を上げ、気がつけば月刊誌を八つ、隔週刊誌を二つ、週刊誌を一つ、その他、単行本編集部や新書編集部、文庫編集部もある。

文芸こそ手をつけていないが、とにかく何でもオールラウンドに手をつけることで知られている。永美社というのはそういう出版社だった。

あたしはその会社に五年前新卒として採用された。同期はあたし以外に五人いる。その五人はそれぞれ編集部や販売部に配属されていたが、あたしだけは経理部だった。もともと経理採用だったのだ。

最初から、編集者になるつもりはなかった。出版社志望ですらなかったのだ。永美社を受けたのは、単に大学のＯＧがいたからだ。会社訪問で出会ったその女の先輩が、慣れだと思って受けてみたら、というのを鵜呑《うの》みにしたら受かってしまった。

出版社をなめるな、と言われそうだが、就職なんてそんなものだろう。縁があったから受けて入った。あたしにとって出版社とはそんなものだった。

入社後、一ヶ月ほど総務部に入れられて、いくつもの部署を回った。研修みたいなものだ。

その後、どこに行きたいかと問われて、他の五人はそれぞれ部署名を挙げて、その編集部に配属された者もいれば、志望とは違う販売部に行ってしまった者もいた。

その辺も運のようなもので、希望通りになる者もいれば、ならない者もいた。

その中であたしは、さっさと経理部所属が正式決定し、そのまま席を与えられた。あれから五年、あたしは経理部に居続けている。異動もなかった。平和な毎日が続いている。

あたしの仕事は編集経理といって、編集者の使ったお金の精算や、印税の支払いなどを担当するものだ。出版社でも珍しいシステムのようだが、なかなか便利な制度だと思う。

永美社では、雑誌編集部に関しては編集部ごとにこの編集経理が必ず一人いる。ただ、あたしの担当は書籍編集局といって、単行本編集部、新書編集部、文庫編集部の三つの部署を見ている。

単行本編集部は九人。新書編集部は六人。文庫編集部は五人で、これに担当役員が加わるからトータル二十一人の面倒を見なければならない。けっこう大変だ。

ちなみに、学は単行本編集部の一人だ。出会いは、あたしの担当が書籍編集局に決まったときだ。

まあ、いろいろとあったのだけれど、たまたま帰りが一緒になって飲みに行くようなことが重なって、結局のところあたしと学は三年ほど前からつきあうことになった。

あたしたちのことは今のところ誰にも知られていない。なかなかスリリングな関係なのだ。

永美社には、社内恋愛を禁止するようなルールはない。噂《うわさ》によれば、長沼社長はむしろ社内恋愛を奨励《しょうれい》しているらしい。

優れた人材の流出を防ぐというのがその意味するところだそうだが、本当のところはよくわからない。どちらにせよ、社内には夫婦もいれば公認のカップルもいる。他社と比べてもその数は多い方かもしれない。

会社の景気は、全体的にはいい。この不況下、ありがたいことだが、永美社の本や雑誌は順調に売れている。

特に雑誌がいい。ファッション誌を中心に、それぞれの雑誌が何とか部数を伸ばすことに成功していた。

はっきり言って、今や出版界はどこも売れなくて困っている。大きな会社では数億、あるいは数十億円単位の赤字が出ていると聞く。永美社はその中では順調な方だった。

これは、すべて長沼社長の剛腕によるものと言われている。どうやったのか知らないが、社長は三十代で会社の経営を引き継ぐ時、すべての株を取得していてオーナー社長になっていた。それに、とにかく機を見るに敏というか、独特のやり方で企画を当てていく。

年に数度、長沼社長の方から書籍編集局に直接企画が降りてくることがある。これを編集者たちは赤紙と呼んで非常に恐れているのだが、大概の場合その企画はベストセラーとなるのだった。

だったら別に恐れる必要などないじゃないかという話になるのだが、そういう企画を本にするに当たっては、長沼社長のチェックが異常に厳しくなるのが常だった。少しでもイメージに合わないと即却下となる。何度もやり直しが続くので、編集者の方も振り回されて困るということだった。

（そういえば、最近社長は静かだな）

ふと思った。ここのところ赤紙は来ていない。

六月といえばボーナス月だが、そんな時には一種神がかり的な長沼社長からの企画が降りてくるはずだったけれど、今月はそれがない。

いったいどういうことなのだろう。雑誌グループが順調なので、社長としてはそれで良しとしているのだろうか。

まあ、偉い人の考えてることはよくわからない。特に、経理部員であるあたしにとって、それはどうでもいいことだった。

原宿の駅に着いた。バッグからスイカを取り出して、改札へと向かった。

3

九時半、社に着いた。あたしたち経理部の定時だ。

普通の会社と違うのは営業職や事務職と編集者たちとでは出社時間が異なることだ。

書籍編集局は一応十一時出社と決められている。雑誌編集部の方はもっとあいまいで、自分の仕事の具合によって何時に来てもいいことになっている。時間にはルーズな会社だ。

あたしはビルの四階にある経理部にまず顔を出した。ちなみに、有楽町駅徒歩三分、プランタン銀座《ぎんざ》の真横というこの五階建てのビルは自社ビルだ。

「おはようございます」

「おはよう」

経理部長の大塚《おおつか》女史が奥の席でうなずいた。経理部の大ボスだ。

お局《つぼね》様というレベルではない。あのワンマンで鳴る長沼社長が、この人にだけは一目を置いているというほど、その実力はハンパなかった。

「どうなの、高沢《たかざわ》。順調？」

いつもの朝の挨拶《あいさつ》だった。最初は順調かと聞かれて困ったものだけれど、とりあえず順調と答えておけば大塚女史は機嫌がいい。まあぼちぼちです、とあたしは言った。

「金子《かねこ》はどうなの」

金子というのは文庫編集部の編集長だ。悪い人ではないのだけれど、精算業務が苦手で、経理部的には要注意人物だった。

「あの子はダメだから」

大塚女史が言った。金子編集長は今年で四十五歳になる。そんな編集長でも、大塚女史に言わせれば、あの子、ということになってしまう。

「気をつけます」

「今月はあの子が担当している本が二冊あるからね」大塚女史がため息をついた。「早め早めに言っておくこと。まあそれでも遅いだろうけどね」

あたしもそう思う。自分の経費はともかくとして、外部への支払いはきちんと期日までにしておかないと後で困ることになる。金子編集長はあまりそういうことを考えないタイプだった。

「今月は新書も出るんでしょ？」

「はい。月末に六点」

あたしは答えた。多いねえ、と大塚女史が腕を組んだ。

「売れるの？」

「さあ、それは……でも、売れると信じてます」

「本なんてね、売れなきゃただの紙クズだから」

大塚女史が身も蓋《ふた》もないことを言った。だけど、編集の人たちだってわざわざ苦労をして売れない本を作っているとは思いたくない。

あたしたちが信じてあげなければ、誰が彼らを信じてくれるというのだろう。

「わかってます」

「行っていいよ」

大塚女史が手を振った。あたしはひとつ頭を下げてから、エレベーターホールに向かった。あたしの席は経理部にない。三階の書籍編集局にあるのだ。

エレベーターを降り、書籍編集局へと続くドアを開けると、そこには誰もいなかった。

いつものことだが、あたしが一番乗りだ。編集者は適当にとか言ってしまうとまた違うのだけれど、もうしばらく待たなければやってこない。

十時、担当の久板《ひさいた》役員が入ってきた。役員はいつも朝が早い。

本当だったら九時過ぎには出社してしまうのではないだろうか。編集部員たちに気を遣い、十時になるとやってくるのが常だった。

あたしは熱いほうじ茶を紙コップに入れて、役員のデスクに置いた。おはよう、と役員が言った。

「おはようございます」

「いつも早いね」

「いえ」

毎日役員は同じことを言う。昨日も言われたことだった。ルーティンな会話だ。

デスクに戻り、昨日の夜あたしが帰ってからデスクの上に置かれた書類の束《たば》を仕分けした。ほとんどが経費の精算伝票だった。金子編集長は出しているのだろうか。チェックしたが、金子編集長の伝票はなかった。

(またか)

大塚女史の言う通り、金子編集長は精算にルーズな人だった。督促《とくそく》しなければ、と思った。

　十時半ぐらいになると、編集者がちらほら出社してくる。おはようございますと言いながら、あたしはそれぞれにお茶出しをしていた。

　これは仕事ではないのだけれど、朝を気分よくお過ごしくださいというあたしなりのサービスだ。

　そんなことしなくていいんだよ、と大塚女史は言うのだけれど、コミュニケーションのためならお茶くみぐらいやる、というのがあたしのスタンスだった。

　反応は人それぞれだ。ありがとうと言ってくれる人もいれば、さも当然というようにお茶を飲む人もいる。いちいち期待してたらやってられないので、あたしはその反応を気にしないことに決めていた。

　十一時間際になると、学がやってくる。学は三十一歳にして、書籍編集局、単行本編集部の副編集長だ。

「加藤《かとう》さん、おはようございます」

　あたしは学のところにお茶を持っていった。おはよう、という答えが返ってきた。

「お疲れさまです」

　あたしは人差し指と中指を唇に当てた。ご飯は食べた？　という意味のサインだ。

　学が口の横で手のひらをあたしに向けた。全部食べたよという意味だった。

「加藤さん、今日は伝票早めに仕上がります?」

あたしと学との間では、朝のうちに、今夜早めに終われそうか、それとも遅くなってしまうのかを確認するのが習慣となっていた。

基本的に、あたしは月末の数日を除けば、そんなに忙しくない。定時である五時半になれば帰れる身の上だ。

学は違う。編集者なので、夜がエンドレスになってしまうことも多い。打ち合わせが長引いてしまうような場合もあった。

朝のうちはそんなに遅くならないだろうと思っていても、結果的に遅くなってしまうこともある。だから、朝一番で今日のスケジュールのことを聞いても、あまり意味はないのだけれど、これも習慣のひとつだった。言葉のどこかに早いという意味の単語があれば、今日は早く上がれるだろうという意味だ。

「そうね、高沢さんの望む方向で」

学が言った。翻訳《ほんやく》すれば、今日はそんなに遅くはならないという意味だった。

「じゃ、早めにお願いします」

了解、と学が笑った。あたしたちはつきあって三年になるのだけれど、まだまだラブラブな状態は続いている。

ついこないだ、学の方から、そろそろ親にアイサツしなきゃならんだろうなと言われた。あたしも何だかんだでもう二十七だ。いろんなことをハッキリさせておきたい年頃だし、またそういう時期でもあった。

あたしの両親は群馬に住んでいる。土曜か日曜を一日あてれば、アイサツぐらいはできるだろう。そして学の両親は静岡だった。新幹線なら一時間ほどの距離だ。

来月のどこか、週末をお互いの両親のところに行くことにするというのは、二人の了解事項だった。

あたしは今、高沢久美子だけど、たぶん来年の今頃は加藤久美子になっている。よくある名前に見えるけど、なかなか収まりがいいとあたしは思っていた。

ではよろしくお願いしますと言って、自席に戻ろうとした。その時、扉が開いて金子編集長が入ってきた。いつも何だかコソコソしている。歩き方も、何というか暗かった。

「金子さん」

「……ああ、うん、何？」

金子編集長が自分の席に座りながら言った。何じゃないです、とあたしはその隣に立った。

「印税の支払伝票、早く出してください」

「ああ……うん、はい。わかってます」

「わかってますじゃなくて、伝票を出してください」

「やるやる。すぐやるから」

「ホントですよ」

やるやる、とうなずきながら金子編集長が席に座った。お願いしますね、と念を押してからあたしは自分のデスクに下がった。

これだけ言ってもたぶん金子編集長は伝票を出さないだろう。後で久板役員にも伝えて、そっちからも言ってもらわないと。面倒だけど、いつものことだった。

(さて、じゃ仕事でもしますか)

あたしは伝票の束を揃《そろ》えた。集中、集中、と唱《とな》えながら、最初の一枚に手をやった。

4

十二時になった。

ランチ行ってきます、とあたしは久板役員に断りを入れた。別に何も言わずに行ってもいいのだけれど、何となくそうするのが習慣になっている。ごゆっくり、と久板役員が言った。

編集者とあたしたち事務職の時間帯はかなりずれている。十二時に昼食を取る編集者はいないといっていい。

あたしの知ってる限り、朝ご飯をちゃんと食べてくる編集者はごく少数だ。ほとんどの人が午後になってから朝昼兼用のランチを取る。その方がお店が空《す》いているということもあるらしい。

あたしたちはそんなことを言っていられない。あくまでも事務職なので、時間帯は普通のOLと同じだ。ランチタイムは十二時からと決まっている。

一階のエレベーターホールに降りると、幸子《さちこ》先輩と弓絵《ゆみえ》と真理《まり》が待っていた。三人とも編集経理担当だ。

他にもいるのだけど、今日はこの四人でランチを食べに行くことが午前中のメール交換の結果決まっていた。

「遅いよ、久美子」

「すいませーん」

行こう、行こう、と弓絵が言った。あたしよりひとつ下だけど、食に関しては誰よりも発言力がある。よく食べるし、美味《おい》しい店を新規開拓するチャレンジ精神もある子だった。

「今日はどこ行くの？」

幸子先輩が言った。あたしより三つ上で、今年三十になる。結婚はしていない。

あたしの知ってる限り、この五年間彼氏もいなかった。その代わり会社のことは誰よりもよく知っている。情報通で有名だった。

「ポポラーレ。パスタランチにしましょう」

真理が言った。彼女は歳はあたしと同じなのだけれど、大学院を出てから就職したので、期でいうとあたしより二期下になる。ちょっとぽっちゃりしているが、一部の男性社員から熱烈な人気のある子だった。

あたしたちは財布を片手に外へ出た。ポポラーレは歩いて五分ほどのところにあるイタリアンレストランだ。

パスタが美味しいことであたしたちの間では有名だった。千円でドリンクとプチサラダのついたパスタが食べられる。有楽町ではなかなか優秀な店だった。

幸いなことに席はすぐ取れた。ちょっと遅れると並んでしまうこともあるので、今日はラッキーだった。

あたしたちはそれぞれパスタをオーダーし、入れ替わりにテーブルに届けられたプチサラダにフォークを伸ばした。フレンチドレッシングがかけてあるのだが、店が作ってるオリジナルで、とても美味しい。

「ボーナス、どうなるんですか？」

真理が言った。永美社は、六月の最終週に上半期のボーナスが支給される。それは長年の慣習だった。

「まあ、去年並みには出るでしょう」幸子先輩がルッコラを取って食べながら言った。

「少しよくなるかもしれない」

永美社には労働組合がない。長沼社長が認めないからだ。

三百人規模の会社なら、組合があってしかるべきだとも思うのだが、長沼社長は絶対に不要だと言っている。

オーナー社長でワガママな人だから、手がつけられない。とにかく、永美社では社長の言うことが絶対なのだ。

その後も話題はボーナスのことが主だった。はっきり言って、今、永美社は景気がいい。これほど調子がいいのは創業以来ではないだろうか。ぜひその業績の良さをボーナスに反映してほしい、というのがあたしたちに共通する意見だった。

パスタを食べながらも、その話題が続いた。ボーナスをもらったら夏休みに旅行する、と真理が言った。真理には同じ歳の彼氏がいる。

「どこ行くの？」

「ハワイになりそう」

ベタだねえ、と幸子先輩が笑った。それもいいんじゃない、という笑みだった。

「久美子、あんたはどうすんの」

あたし。あたしは決めてなかった。学とどこか行くつもりだったけど、まだ詳《くわ》しいところまでは考えてない。

永美社は八月のお盆を挟《はさ》んで一週間、会社全体が休みを取る。だから、わざわざ休みを合わせる必要はなかったけど、そろそろ決めなければならないだろう。遅すぎるくらいだ。今夜、さっそく相談することにしようとあたしは思った。

パスタを食べ終えたところでウエイトレスが来て、飲み物のオーダーを取った。あたしと真理は紅茶、幸子先輩と弓絵はカフェラテだった。

ポポラーレのいいところは、すぐにドリンクが出てくるところだ。あたしたちはカップを手に話を続けた。

「そういえばさ、今日、総務がすごいバタバタしてた」

幸子先輩が言った。そうなんですか、と弓絵が聞いた。

「何でですか?　ボーナスのこと?」

真理が首をかしげた。違うみたい、と幸子先輩がカフェラテをひと口飲んだ。

「何かねえ、企画書の話みたい」

「企画書って何でしたっけ?」

あたしは聞いた。アンタもう忘れたの、と幸子先輩があたしの肩を叩いた。

「四月にさあ、社長直々に全社に一斉メールが来たでしょうに」

ああ、あれのことか。だったら覚えてる。四月に入って一週間ほど経った頃、いきなり長沼社長から社員全員にお達しメールが来たのだ。

メールの内容は、新企画を募集するというものだった。内容は何でもいい。出版に関係しなくてもいい、とそこには記されていた。いったい社長は何をしたいんだろう、と話題になったものだ。

別にあたしは何も思い浮かぶことはなかったが、編集から営業から総務から、とにかく社員は一人一企画を出さなければならないというマストの命令だったので、適当に何か書いて出した。

何を書いたのかも覚えていない。あたしにとっては、そんなこともあったなあという程度のものだった。

「また何かするのかな」

「あの社長だからね、最近静かだなって思ってたけど、動き出すみたい」

あたしたちは揃ってため息をついた。社長が動き出すと、あたしたちもそれぞれに何だかんだで忙しくなることがわかっていたので、そういう反応になるのだ。

黙ってドリンクをすすっていると、あたしのスマホが鳴った。液晶画面を見てみると、かけてきたのは大塚女史だった。何だろう、とりあえず電話に出てみた。

「もしもし、高沢です」

「高沢？　今どこ？」

質問はシンプルだった。あたしはポポラーレにいると答えた。

「あらそう。まあいいわ。なるべく早く戻ってきて。戻ってきたら、あたしのところに顔出してちょうだい」

「はあ」

「じゃあね。後でね」

「あの……あたし、何かしました？」

問いに答えはなかった。通話は切れていた。

幸子先輩があたしの顔をのぞき込んだ。大塚さんからです、とあたしは答えた。

「どうしたの？」

「戻ってこいって」

「何かやらかした？」

「……いえ、覚えがないです」

確かに、覚えはなかった。でも、何かやってしまったのだろう。大塚女史から連絡があったというのは、つまりはそういうことだった。

「じゃあ、行きますか」弓絵が言った。「食べ終えたことだし、お茶も飲んだし」

「いいのよ、みんなは」

「まあまあ」幸子先輩があたしの肩を叩いた。「そんな時もあるって」

戻りましょう、と真理が言った。仕方ない。もうちょっとお喋《しゃべ》りしていたかったけれど、会社に戻るしかなさそうだ。

あたしたちはそれぞれに席を立ち、レジへと向かった。

5

四階の経理部に直行すると、大塚女史が待っていた。彼女だけではない。総務部長の鈴《すず》木《き》さんも一緒だった。

事態は思っていた以上の大事《おおごと》になっているようだった。あたしが何をしたというのだろう。

「悪かったね、食事中に」

大塚女史が言った。いえ、とあたしは首を振った。それじゃ、と鈴木総務部長が立ち上がった。

「さっそくだけど、行きましょうか」

行く？　どこへ？　だがあたしの疑問に鈴木部長は答えてくれなかった。ただ黙って歩き出しただけだ。ついていくしかないようだった。

上へ、と鈴木部長がエレベーターのボタンを押した。すぐに扉が開いて、あたしたちは乗り込んだ。

「総務ですか?」

総務部は五階にある。そこで何かがあると思ったのだ。違う、と鈴木部長が肩をすくめた。

「社長室です」

社長室? あたし、何をしたの? 何で? 何で社長室?

エレベーターを降り、総務部の前を通って、奥の通路に進んだ。その先に社長室があるのは知っていたけど、今日まで入ったことはなかった。いったい何なんだろう。

鈴木部長が黒い扉をノックした。はい、という細い返事が聞こえた。思えば、社長の声を聞くのは久々のことだった。

「鈴木です。よろしいでしょうか」

「どうぞ」

鈴木部長が目配《めくば》せをしてから重そうな扉を押して開いた。部屋は狭い。六畳ほどだろうか。

デスクがひとつと、ソファセットがあるだけの部屋だ。ソファセットがカッシーナのものであることは、あたしも噂《うわさ》として聞いていた。

「失礼します。経理部の高沢です」

鈴木部長が頭を下げた。慌《あわ》ててあたしもそれにならった。ご苦労さまです、と長沼社長が細い声で言った。

「では、わたしはこれで」

鈴木部長が額《ひたい》の汗を拭《ぬぐ》った。待って、待ってください、まさか、あたしをここに一人で置いていくつもり？

だが、そういうことのようだった。もう一度頭を下げた鈴木部長は社長室を出ていってしまい、あたしは一人取り残される形になった。

「お座りください」社長がソファを指さした。「どうぞ、座ってください」

長沼社長は誰にでも敬語を使うことで有名だったが、ここまで丁重に言われると、どうしていいのかわからなくなってしまう。とにかく、座れというからには座った方がいいのだろう。失礼します、と言ってあたしはソファに座った。

自分のデスクからあたしの様子を確認していた長沼社長が不意に立ち上がった。全体に、枯れ木を思わせるところがある。やせていて、手の指が異常に長く、細かった。顔立ちはどこか蛇を思わせるものがある。

「カモミールですが、よろしいですか？」

社長が言った。カモミールティーのことを言ってるとわかるまで、少しかかった。あたしはただうなずいていた。

どこから出てきたのかよくわからないが、社長のデスクにポットとカップが二つあった。慎重な手つきでポットの中身をカップに入れていた社長が、いつの間にか両手にカップを持って近づいてきていた。

「ともあれ、お疲れさまです」

社長がカップに口をつけた。あたしもそうした。さわやかな香りがした。

「あの……」

いったい何でしょうか、と言いかけたあたしの前で社長が指を振った。

「さっそくですが、本題に入りましょう。企画書、拝見しました」

「企画書?」

社長はマオカラーのスーツを着ている。内ポケットに手を入れた。

出てきたのは四ツ折りになったＡ４のコピー用紙だった。その手つきには、マジシャンを連想させるものがあった。

「あなたの企画書です。名前もある。経理部、高沢久美子と」

はあ、とあたしはうなずいた。企画書を提出したのはもう二ケ月も前のことだ。

正直言って、何を書いたのかも覚えていない。あたしにとって企画書とはそれぐらいの意味しかなかった。

「率直に申し上げます。素晴らしい。素晴らしい企画です」

あたしはその紙を受け取った。最初の一行には、通販とウェブとマガジンの合体、と記されていた。何だそりゃ。

「通販、というのは我が社にとっても盲点でした」社長が言った。「しかし、言われてみればなぜ手をつけていなかったのか不思議なくらいです」

「はあ」

「しかも、あなたの企画では、通販とウェブと、そして雑誌をひとつにまとめることで、リスクを分散させる狙いがあるという。素晴らしい。まったくその通りです」

あたしは企画書に目を通した。今社長が言ったような内容が記されている。

そして思い出していた。確かにこれはあたしが書いた。でも、その内容は何かの雑誌に載っていた記事をまるまるパクったものだった。パクリというと言葉が悪いというのなら、その記事にあたしなりのアレンジを加えて作ったものだ。

そんなに大したアレンジではない。もう世の中には似たようなものがたくさんある。だが、社長はしきりにうなずいていた。

「感心しました。企画は簡単ですが、説得力もある。あとはどうやって肉付けしていくかだけですが、それはあなたの問題です」

あなたの問題。どういう意味だろう。次の瞬間、長沼社長が驚くべきことを口にした。

「高沢さん、あなたはこの新雑誌の編集長をやってください」

何を言ってるのだろう、この人は。だが社長はゆっくりと首を振った。

「あなたしかいないんです」

「そんな……無茶です」あたしは言葉を絞り出した。「社長、あたしは経理部員なんです」

「来週の月曜、正式な辞令を出します。これは内示です。あなたには経理から編集への異動を命じます」

「社長、待ってください。そんなことを言ってるんじゃないんです。あたしは編集経験がないということを言ってるんです」

「誰にでも初めてということはあります」

社長が微笑《ほほえ》んだ。そういう問題じゃないんだってば。

ヤバイ。あたしは焦《あせ》っていた。何としてもこんな話は断らなければ。だが、社長の笑みは崩《くず》れなかった。

「もちろん、部下もつけます。今、各部署と人員の調整をしているところです。今週中には決まるでしょう」

「でも」

「新雑誌編集部も作ります。それも今週中に場所を決めます」

「社長、無理です」あたしは半泣きになっていた。「そんなことできません」

「ですが、あなたの出した企画ですよ」社長が首を傾《かたむ》けた。「あなた以外の誰がやるというんですか」

そんなことは知らない。企画書を社長が気に入ったというのなら、それはそれでいい。でも、誰かいるはずだ。もっと適任の人が。少なくともそれはあたしではない。それだけは絶対だ。

「社長、あたしはまだ二十七です。経験が足りません」

「宝島《たからじま》社には二十五歳の編集長がいたと聞いています。二十七歳の編集長は決しておかしいものではありません」

誰か何とかして。助けて。あたしを助けて。

「あたしにはできません。何度でも言いますが、あたしは編集経験がないんです」

「まったく白紙ということですね。素晴らしい。新雑誌をあなた色に染めればよろしい」

あたしの両目がくもった。泣いていた。こんな無茶な命令を受けて、泣かないでいられようか。だが、社長はまったく動ずることはなかった。

「とにかく、来週の月曜です。それまで少しの間、待っててください」

「……社長」

「それではこれで話は終わりです」社長がソファから立ち上がった。「戻りなさい」

あたしはのろのろと立ち上がり、扉の前に立った。これがすべてドッキリだったらと思ったが、誰も出てこなかった。

あたしはメイクが落ちるのも構わず泣きながら、社長室を後にした。

Story 2 企画って何？

1

企画書

企画：通販とウェブとマガジンの合体（仮）

企画内容：最近、ウェブやテレビのショップチャンネルなどでよく目にしますが、永美社でも通信販売、いわゆる通販をやってみてはどうでしょうか。

過去にも出版社が通販事業を手掛けた事例はあると思いますが、どちらかというと通販会社メインのものが多かったと思います。

今回はそれを変えて、出版社主体の通販雑誌を作ることが大きな狙いになります。

内容はファッションを中心とし、いわゆるファッション誌として十分に通用するほどクオリティの高いものを作ることを目指します。

表紙やグラビアにも一流のモデル、あるいはタレント、女優などを起用し、これは通販雑誌なのか、ファッション誌なのか、読者を迷わせるほどにハイクオリティな雑誌となれば、永美社のブランドも含め、購買意欲を刺激するには十分なものができるのではないでしょうか。

もちろん、同時にウェブ展開もはかります。マガジンで売っているものがウェブ上でも見ることが可能になり、クリックひとつで商品を購入できるような仕組みを作り上げます。

雑誌からもパソコンからもアクセスすることが可能なまったく新しいスタイルの通販システム。

細かくいろいろ詰めなければならない点がたくさんあると思われますが、トライしてみるには十分な企画ではないでしょうか。

企画ターゲット：二十代後半から三十代のＯＬ

経理部
高沢久美子

2

あたしは階段で四階まで降りた。どうしていいのかわからなかった。経理部に入っていくと、大塚女史が一人で座っていた。

「……大塚さん」

声をかけた。自分の声がうわずっているのがわかった。大塚女史が立ち上がった。

「高沢、ちょっとおいで」

そのままフロアを横切り、会議室に入った。あたしはその後をついていった。

「ドア閉めて」大塚女史が言った。「座りなさい」

はい、とあたしはイスに座った。大塚女史が煙草《たばこ》をくわえて火をつけた。

本来、永美社は社内完全禁煙なのだけれど、大塚女史にとってそんなルールは関係ないようだった。

「話は聞いたよ、高沢」

「……どうしたらいいんでしょう」

「どうしたらいいのかね」

大塚女史がその辺にあった空缶に灰を落とした。

「……どこまで聞いてるんですか」

あたしは言った。全部だよ。と大塚女史が答えた。大塚女史は特別な情報網を持っている。社内で起きていることについて、彼女が知らないことはなかった。

「長沼社長もねぇ……後先考えてくれればいいんだけど、時々わけのわからない方向に突っ走るからねぇ」

「わけがわからなすぎます」あたしは立ち上がった。「あんな紙きれ一枚で企画を決めるなんて」

「座りなさい」

「だって」

「座りなさい」

あたしはゆっくり腰を下ろした。はあ、とため息が出た。

「……だけど、しょうがない」大塚女史が言った。「社長はね、ああいう人だから。一度決めたことは曲げないよ。あんただって、それはわかってるでしょ」

「何とかなりませんか」あたしは訴《うった》えた。「大塚さんの力で、考え直すように言ってもらえないでしょうか。あたしは編集経験もありませんし、そもそも編集者志望じゃないんです。そんなあたしにいきなり編集長をやれなんて……」

「無茶だよねえ」大塚女史が二本目の煙草に火をつけた。「ホント無茶なことを言う人だよ」

「それがわかってるんなら……」

「だけどね、高沢。あの人は三十年間無茶を通してきた。結果的に大筋で間違ったことはなかった。今の会社を見ればわかるだろ。会社をここまで大きくしたのは長沼さんで、他の誰でもない」

「だけど、これはひどすぎます。あたしなんかにできるわけないじゃないですか」

「正直、あたしもそう思うよ。高沢には荷が重すぎる」

「でしょ？　だったら……」

「だけど、やるしかない。あの人のワガママと思いつきをひっくり返すのは、総理大臣だって無理だろうね」

「そんなぁ……」

「もう内示を受けたんだろ？」

「……はい」

「じゃあもう無理だ。諦《あきら》めなさい」

あたしの目から涙が溢《あふ》れ出た。泣きなさんな、と大塚女史がくわえ煙草のまま腕を組んだ。

「だって……」

「そんなにやりたくないの？」

「やりたくないです。ていうか、やれるわけないじゃないですか？」

「じゃあ辞める？」

大塚女史が煙草の火を消した。辞めるというのは、もちろん言葉通り会社を辞めることを意味する。混乱していたあたしでも、それぐらいのことはわかった。

「……辞める……ですか」

「そう、この会社にはあんたの窮状《きゆうじよう》を訴えるべき組合がない。社長に向かって物を言える人材もいない。役員会はあるけど、あんなのは形だけで、すべてが長沼イズムで動いてる。そういう会社だよ。そんな会社で、社長に反抗するというのなら、会社を辞めるしかない」

「だって……」

あたしは両手で顔をおおった。辞める。その道は確かにあった。

辞めればこんな無茶苦茶な命令に従う必要はなくなる。だけど、でも、しかし。

「辞められますか、高沢。こんなご時世に」

大塚女史が言った。あたしは考え込んだ。

何か特別なスキルがあるとか、ずば抜けて有能とかいうのだったら、辞めて転職活動をするのもありだろう。

だけど、あたしには何もない。あるのは経理部員としての五年のキャリアだけだ。できることは何もない。他社で通用するものは何もないのだ。

「あんた、辞めるかい?」

あたしはなおも考え続けた。学とのことだ。

あたしは学と結婚する気満々だった。来月にはお互いの親のところへ挨拶に行くことになっている。もう状況はそこまで調《ととの》っていた。

そんな時、あたしがいきなり会社を辞めたりしたらどうなるだろう。辞めてしまえば単なる失業者だ。そんなあたしを学の両親は優しく迎え入れてくれるだろうか。

それに、あたしは結婚しても働き続けるつもりだった。少なくとも子供ができるまでは。経済的に考えてもそれは必要なことだった。

「……辞められません」

「だったら、やるしかない」

大塚女史が言った。三本目の煙草に手が伸びた。

「……だけど、編集長なんてできません」

「どっちかだよ、高沢。会社を辞めるか、編集長をやるか。あんたにはその二択しか残ってないんだ」

「究極の選択ですね……」

どうしよう。どうすればいいのか。

「まあ、今日は帰っていいよ。ゆっくり考えなさい。相談したい人もいるだろうしね」

大塚女史が立ち上がった。あたしもつられるように席を立った。

「大塚さん……あたし、どうしたらいいんですか」

「考えなさい。どうしてもどうしても無理だというのなら、いつでもあたしに言いにおいで。退職の手続きは全部やってあげるから」

とにかく今日は帰んなさい、と大塚女史が言った。ありがとうございます、とあたしは頭を下げた。

考えるしかない。自分で決めるしかないのだ。

あたしたちは会議室を出た。ありがとうございます、とあたしはもう一度頭を下げた。

3

そのまま原宿のマンションへ帰った。家に着いたのは午後三時頃だった。

スーツを着たまま、ベッドに倒れ込んだ。どうしよう。どうしたらいいのだろう。

だいたい、そもそも何であんな企画書を書いてしまったのだろうか。何を考えていたのだろう、あたしは。

もっと当たりさわりのないことを書けばよかった。確かに、社長命令ということで、全社員最低ひとつの企画を提出、という強い命令が出ていたことは確かだったけれど、別に独創性の高いものを出す必要はなかったのだ。

ごく普通の、よくある企画を出せばよかった。なぜあんなことをしたのだろう。

（バカだ、あたしは）

あたしはベッドの上で両手両足を振り回した。そんなことをしても何の解決にもならないことはわかっていたが、とにかくそうしないではいられなかった。

しばらくそうしていたけれど、意味がないことがわかって起き上がった。とにかく相談しなければ。

そして相談相手といえば、一人しかいなかった。学だ。

あたしはスマホを取り出して、学とのトーク画面を呼び出した。ちょっと考えてから文章を作った。

〈とにかく早く帰ってきて。大変なことが起きたの。大至急相談したいの〉

絵文字もスタンプも使ってないけれど、それどころじゃなかった。とにかく緊急事態なのだということが伝わればそれでいいと思った。そのまま送信ボタンを押す。

ラインが無事送られたのを確かめてから、またベッドに倒れ込んだ。返信があったのは、数分後のことだった。

〈どうした？　何があった？　何で早退したんだ？　今どこにいる？〉

　さすがは学。要点だけをつかんだラインだった。そうなのだ、大変なことが起きたのだ。

だけど、ラインじゃそれをうまく伝えられない。

〈とにかく大変なの。ねえ、お願いだから早く帰ってきて。もう家にいるの。ラインじゃうまく話せない〉

あたしはすぐに返信した。わかった、と学が言ってきたのはそれから五分後のことだった。

〈とにかく早く行く。待っててくれ〉

液晶画面にそんな文字が並んでいた。あたしは了解と短い返事を打って、そのまま送った。

〈ああ、どうしよう〉

時計を見た。午後四時だった。あたしはのろのろと体を起こした。とにかく着替えなければ。

部屋着に着替えるのと、ラインの着信音が鳴ったのはほぼ同時のことだった。学だろうか。確かめると、幸子先輩だった。

〈久美子、あんた編集長になるの？　マジで？〉

そこにはそう記されていた。そうみたいです、と書いてあたしはラインを送った。すぐに電話が鳴った。

「もしもし、あたしだけど」

幸子先輩が言った。わかってますとあたしは答えた。

「どうなっちゃってるわけ？」

「どうもこうもないです……誰に聞いたんですか？」

「ニュースソースは秘密だわよ」幸子先輩が小さく笑った。「今、家？」

「はい、そっちはどこからかけてるんですか？」

「会議室。誰もいないから安心して。ねえ、どうしてそんなことになったわけ？」

仕方なく、今日の午後にあったことを話した。長沼社長に呼び出されて、企画書について誉《ほ》められたこと、そのまま企画としてやってみようと言われたこと、ついてはあたしを編集長にすると言われたことなどだ。

はあとかへえとか繰り返しながら聞いていた幸子先輩が、久美子、すごいじゃないのと言った。

「すごい？」

「大抜擢《だいばってき》じゃない」

そうだろうか。そんなふうに考えることはできなかった。

「いやいやいや、誰が考えてもそうじゃないの」

「そんなんじゃないんですって」

すごいなあ、と幸子先輩が言った。

「これから高沢編集長って呼ばなきゃね」

「……馬鹿にしてるんですか？」

幸子先輩が大きな笑い声を立てた。

「してないしてない。だけど、近来稀《まれ》に見る大出世だね」

「こんなの、出世って言わないんじゃないかなあ」

「いやいや、間違いないって。出世は出世だよ。しかし編集やったこともない経理部員が編集長って。こんなの、他社じゃあり得ないよね」

確かにそうだ。幻冬舎《げんとうしゃ》だってこんな極端な人事はしないだろう。

「久々に長沼社長の長沼社長たる所以《ゆえん》を見たね」

「他人事《ひとごと》だと思って」

「だって他人事だもん」幸子先輩が笑った。「まあトライしてみなって」

「簡単に言わないでください」

「だって……やるしかないでしょ。社長命令なんだから」

「そりゃそうですけど」

「それとも……辞めるの？」

大塚女史と同じことを言った。それを今悩んでるのだ。

「まさかねえ、辞めたりしないよね」

「……わかんないです」

辞めたら駄目だよ、と幸子先輩が言った。

「あんたの企画の話は聞いたよ。でも正直言って、うまくいかないと思う。失敗すると思う」

「……はい」

「長沼社長はさ、リスクマネージメントにうるさい人だから、損をするってわかったらすぐ手を引くよ。そういう人だもん」

「……はい」

「そうしたらあんたは晴れて自由の身、元通り経理部員になれる、そんなに先のことじゃないよ。一年もかかんないと思う」

「そりゃそうかもしんないですけど」

幸子先輩に悪意がないのはわかっていたけど、何となくあたしは落ち着かなかった。自分の企画がダメ出しをされるのを聞くのは、微妙なものがある。

「だからさ、辞めたら駄目。それとも、何か当てがあるの？」

「……ないです」

「でしょ？　だったらここからは我慢くらべだって。いいじゃん。赤字になったって」

「そんな。それじゃ会社の迷惑になっちゃいます」

「だけど、そんな命令を下したのは社長でしょ」

「そりゃそうですけど」

「だったらいいのよ。ドーンと赤字出しなって」

大丈夫大丈夫、と幸子先輩が言った。いや、大丈夫じゃないだろう。

そんなこんなでしばらく話していたら、誰かが会議室に入ってきたらしい。じゃあね、と言ってあっさり幸子先輩が電話を切った。

それにしてもいったい誰から聞いたのか。なかなかいい腕をしている。二代目大塚女史を襲名するのも遠い日ではなさそうだ。

（どうしよう）

今から何をしよう。学は何時に来るのだろう。

おそらく、学は今あたしが最大のピンチにいることをひしひしと感じているから、会社を早めに出るはずだ。食事の用意をしなければならない。でも面倒くさい。

ていうか、食事どころではないのだ。あたしはベッドにひっくり返った。

（どうしよう）

つぶやきが口から漏《も》れた。何でこんなことになったのだろう。涙がひと筋こぼれた。あたしは顔を手でおおった。

4

鍵ががちゃがちゃいう音であたしは目を覚ました。ベッドに横になったまま、眠っていたらしい。壁の時計を見た。八時を過ぎたところだった。

鍵を開けているのはもちろん学だ。学とあたしはそれぞれお互いの部屋の鍵を持っている。

「おい、久美子」

ドアが開く音がして、学の声が聞こえた。

「いるよ」

「どうしたんだよ、いったい」学がバッグをその辺に置いて、こっちにやってきた。「いきなり帰るし、ラインは来るし、何があったんだ」

「心配かけてゴメン」

「いや、いいんだけどさ」

学が着ていたシャツとかズボンを脱いで、クローゼットにしまってあった黒ジャージに着替えた。

「何か知らんけどオレも焦っちゃってさ。打ち合わせ一本キャンセルしてきちゃったよ」

「ゴメン」

「いいんだよ。別に今日じゃなくてもいい話だから」学がベッドに座った。「それで、何があったんだ？ どうしたんだ？」

「話すと長いのよ」

あたしはベッドから降りた。

「長くてもしょうがない。聞くよ」

「何か食べた？」

あたしは聞いた。学が首を振った。

「食ってない」

「何にもないのよ。ご飯あるからチャーハン作ろうか。玉ネギあったかかな」

そんなことといいから、と学があたしの腕を取った。

「まず、話とやらをしてくれよ。そうじゃないと落ち着かない」

それもそうだ。じゃ、お茶いれるね、とあたしはやかんにミネラルウォーターを注いだ。

学は外見も内面も三十一歳という年齢よりは若いのだけれど、ひとつだけ年寄りくさいところがある。どんな時でもお茶を飲むのを好むのだ。

「ああ」学が丸椅子に座った。「お茶、いいね」

「ちょっと待ってて」

あたしは戸棚から湯飲みを二つ取り出した。急須《きゅうす》にほうじ茶を入れて、お湯が沸くのを待った。

すぐにやかんが鳴り出した。あたしはガスを消して、お湯を急須に入れた。

学はあたしのいれたお茶は美味しいという。別に何か特別なことをしているとか、高級な茶葉を使ったりしているわけではない。まあ美味しいと感じてくれるのなら、それはそれで嬉しいことだ。

「はい」

差し出した湯飲みを受け取り、学がひと口飲んだ。

「……うん、うまい」学が言った。「やっぱお茶だよなあ」

あたしは何も言わず自分の湯飲みにお茶を注いだ。いつもの味がした。

「ふう……それで、話って何なんだ?」

学が聞いた。

「……実はね」

どこから話せばいいのだろう。何と説明すればいいのか。言葉を探していたら、学がぐっと身を乗り出した。

「久美子。まさかお前……そうなのか？」

「え？」

「つまり、その……できたのか？」

学があたしの手を握った。つまり、彼の言いたいことは。

「違う」あたしは首を振った。「そんな話じゃない」

「だってお前……」

あたしは立ち上がって、玄関先に置いてあった自分のバッグを探った。一枚のコピー用紙が出てきた。今日、会社を出る前にプリントアウトしておいたのだ。

「これ、読んでよ」

コピー用紙を渡した。学が紙面に目を落とした。

「何なの、これ」学が顔を上げた。「企画って書いてあるけど」

「最後まで読んで」

へいへい、読ませていただきます。ともう一度、紙に目をやった。しばらくそうしていた学が、ふうん、と言った。

「経理部高沢久美子、と。ねえ、これ、お前が書いたの？」

「うん」

「なんでこんなの書いたのさ」

「覚えてない？　四月に社長から全社員にメールが来た件。とにかく何でもいいから企画書を出せって……」

「ああ。はいはいはい。思い出した。あったねえ、そんなこと」

学が腕を組んだ。

「それよ」

「それでこんなこと思いついたってわけか」

「そう」

「ふうん」

「どう思う？」

「どう思うって……この企画書のこと？」

そう、とあたしはうなずいた。そうだなあと学が首をひねった。

「いかにも素人《しろうと》が書いた企画書って感じだな」

「どういう意味？」

「なんかさあ、いいことがいっぱい書いてあるけど、実現性が薄いっていうか、実態は何もないって感じ」

そうねえ、とあたしはため息をついた。この企画書がどうしたんだ、と学が言った。

「今日、昼に呼び出されたの」

「大塚さんに？」

「そう……だけどそうじゃない」

「はっきりしねえなあ。どうしたんだよ」

学が強い口調で言った。うん、とあたしは口を開いた。

「呼び出したのは……社長だったの」

「社長？　長沼氏？」

「そう」

「社長が何でお前を？」

それよ、とあたしは学の前にあった紙を指さした。

「その企画書よ。企画が気に入ったんだって。素晴らしいとまで言われたわ」

学が口笛を吹いた。

「すげえじゃん」

「カモミールティーまでいれてもらった」

「あの人、他人を誉めることあるんだ」

あるみたい、とあたしは言った。聞いたことねえなあ、と学が伸びをした。

「まあいいじゃない。いいことじゃない。社長直々《じきじき》に誉められるなんて、めったにないことだよ」

「まだ話は途中なの」

「おやそうですか。じゃ、続きをどうぞ」

「それでね、この企画を気に入った社長が、新しい部署を作るって。新しい編集部作るって言い出して」

「ふうん」そりゃ大変だな、と学がつぶやいた。「それで?」

「その編集部の編集長に……あたしがなれっていうのよ」

「何だって?」

「だから、編集長をやれって。この企画の発案者が編集長やるべきだって」

学は心底驚いたようだった。腕を組んで、うんうん唸《うな》り始めた。

「……お前に?」

「そうよ」

「編集、やったことないのに?」

「そうよ」

「まだ二十七歳なのに?」

「そうよ。そうなのよ。もうメチャクチャよ、あの社長。ハッキリ言って、頭がおかしいんじゃないかと思うわ」

あたしは頭を抱えた。落ち着けよ、と学が言った。落ち着けないわよ、と叫んだ。

「何なのよ、いったい。何であたしがそんなことしなくちゃならないわけ？」

立ち上がりかけたあたしの腕を学がつかんだ。そのままイスに座らせる。あたしは肩で息をしていた。

「断ったんだろ？」

「当然よ」

「そしたら、社長何て？」

「あたしの出した企画だから、あたしがやるのは当然でしょうって」

「編集経験がないことは言ったのか？」

「誰にでも初めてということはあるって」

メチャクチャだな、と学が苦笑した。

「今まで、社長の伝説はいろいろ聞いたことがあるけど、これはその中でも相当上位に入ってくる話だ」

「その当事者があたしなのよ。ねえ、どうしたらいい？」

「断るしかないだろう」

学の意見ははっきりしていた。そんなことはわかってる。ていうか、断ったのだ。

「だけど、こっちの話に耳を傾ける気はないみたい」

「まあ、そうだなあ」学が腕を組んだ。「何しろ、あの長沼氏だからなあ」

社長は変人だ。それは永美社で働く誰もがわかっていた。それでも、誰も思いつかなかった新しいビジネスチャンスを見つけて、そこを当ててきたから、社員もみんなついてきていたのだ。

だが今回は違う。もっとメチャクチャで、何というか、自爆したいのではないかとあたしは感じていた。

「ねえ、あたし、どうしたらいい？　会社辞めてもいい？」

「……そりゃ、結論出すのが早すぎるんじゃないのかな」

「だって……」

「何ていうのかな。おれたちには、そのつまり、先のことがあるだろ」

学が頭をがりがりと掻いた。先のこと。そうだ、それも考えなければ。

「永美社はさ、結婚したからってどっちかが辞めなきゃいけないとか、そんなルールはない。何か理由があれば別だけど、みんな結婚してからも共働きしてるだろ」

「うん」

「おれもそうしたいと思ってるわけよ。いろんな意味で」

「あたしもそう思う」

「だからさ、辞めるのは最終手段に取っておいて、明日から社長室に通うんだな。自分にはできない、誰か他の人をお願いしますって」

確かに学の言う通りだ。辞めるのはまだ早い。とにかく社長と話そう。よく説明すれば、いくらわがままな社長でもわかってくれるはずだ。

「心配すんなって。悪いことにはならないから」

「不安だよ」

あたしは言った。大丈夫、大丈夫、と学があたしの頭を軽く叩いた。

「さて、そうと決まれば腹減ったな。何か食べに行くか」

学が立ち上がった。

「あたし、この格好だよ」

「気にすんなって。別にフランス料理食いに行くんじゃないんだから」

「日高屋《ひだか》？」

「まあ、いいんじゃない？　何か食おうぜ」

あーあ、とあたしも立ち上がった。

「もう嫌になっちゃう」

「大丈夫だよ」学があたしを抱き寄せた。「大丈夫だって」

「こうなったら、いっそのことあなたがその新雑誌の編集部に来てくれたらいいのに」

あたしは上目遣《うわめづか》いに学を見た。それはとてもいい考えのように思えた。学と席を並べて仕事ができるのなら、それはあたしにとって、とってもハッピーなことだ。

「おいおい、道連れにすんなよ」学が笑った。「これでも一応単行本編集部の副編なんだぜ。やることはいっぱいあるんだ」

「冗談だよ」

よし行こう、と学が自分のバッグから財布を取り出した。あたしは鍵を持ってその後に続いた。

5

翌日あたしは会社に着くなり大塚女史のところに行った。社長とのミーティングを設定してもらうためだ。だが無駄だった。何と社長は休暇を取っていたのだ。

いや、休暇というとちょっと違う。それは社長にとって宗教的な儀式のようなものだった。

「社長はね、大きなプロジェクトを始める前に、ホテルに籠《こも》る癖があるんだよ」大塚女史が説明してくれた。「今回もそういうことみたい」

「大きいプロジェクトって……」

「あんたのやる新雑誌のことだろうさ」

「あたし、それを断ろうと思って……」

「社長の方が一歩先だったね。おそらくそれを読んでのことだと思うよ」

「どこのホテルに泊まってるんですか？ あたし、直接行って……」

無駄だよ。と大塚女史が指を振った。

「都内の一流ホテルのスイート。そこまではわかってる。だけど、それがどこなのかは誰にもわからない。携帯の電源は切ってるから、誰も連絡できない」

「そんなぁ……」

「まあ、あんたの気持ちはわかるけどね。そんなことにはお構いなしに、事態はどんどん進んでるってことさ」

「あたし、どうしたらいいんですか？」

「とりあえず、総務に行きなさい。鈴木総務部長があんたを待ってる」

「あたしを？」

「新部署のレイアウトがどうとか言ってたよ」

さっさと行きなさいと言われた。ボスには従うしかない。あたしは五階の総務部へ向かった。

「高沢さん」鈴木部長が、こっちこっちとあたしを呼んだ。「新編集部の場所、決まりましたよ」

はあ、とあたしは言った。新編集部の場所？

「申し訳ないんだけど、社内も何だかんだ手狭《てぜま》でねえ。いろいろ考えたんだけど、結局地下しかないだろうって」

「地下？」

「そう、地下。今、資料置き場になってる部屋あるの知ってるでしょ」

それは知ってる。編集の人が使わないゲラや写真を取り置いている部屋だ。

「あそこ片付けて、デスク置くことにしたから」

ウソ、つまりは物置ってこと？

「安心して。ちゃんと業者入れて掃除はするから」

「はあ……」

「それで、それぞれの机なんだけど、こんな配置でいいかな」

鈴木部長が一枚の紙を広げた。そこにはデスクのレイアウトが描かれていた。

「デスクは全部で五つだけど、まあ、普通にコの字型に」

五つ？　ということは、新編集部はあたしを入れて五人ということなのだろうか。そのまま質問してみた。わからない、と鈴木部長が無責任に言い切った。

「こっちは社長の指示通りにしてるだけだから」

そんなんでいいのだろうか。総務がこの段階まで人事を把握《はあく》してないって、そんなのアリですか？

「でも、デスクとパソコンは新品用意したから」

いいよお、新品は、と鈴木部長が言った。あの、とあたしは口を開いた。

「電話とかは……」

「ああ、そういうの全部完璧だから。電話、ファックス、コピー機、ロッカー、傘立て、キャビネット、シュレッダー、テレビ、ええと、あと何かあったかな」

どうやら会社は本気らしい。あたしが適当に書いた、たった一枚のぺらぺらな企画書のために、多くの人たちが動き始めているようだった。

「あと何か必要なものある？　あったら言っといてもらえると助かるんだけど。ほら、後から大きいもの入れたりすると、また人手が必要になっちゃうから」

必要なもの。何だろう。何かあるのだろうか。あたしは編集部の様子を思い浮かべてみた。

「あの……作業台っていうか、長い机は……」

つい気になって質問してしまった。

「ああ、作業台ね。それはリストに入ってます。場所はこの辺で」

鈴木部長が広げた紙の一点を指した。何だかよくわからない。とにかく準備は整っているようだった。

「言うまでもないことだけど、地下も禁煙だから」

「あ……はい」

「ていうかね、地下が一番マズいのよ。エアコンの関係で、地下で煙草吸われるとどこに排気したらいいのって話になっちゃう」

「はあ……」

「地下は禁煙と。これゼッタイ守ってね」

「はい」

「あとは……どうしようかな。現場、見に行く?」

何だか鈴木部長は上機嫌だった。新しい部署ができるのが嬉しくてしょうがないようだった。

とりあえず行ってみましょう、と部長が先に立って歩き出した。あたしとしては、後をついていくしかなかった。何だかとんでもなく面倒なことに巻き込まれたような気がしていた。

6

数日が過ぎ、週末になった。土日は会社は休みだ。

土曜も日曜も学が私のマンションに来てくれて、あたしたちは一緒に過ごした。

不安を口にするあたしに、大丈夫だよ、と学は何度も言った。大丈夫ではないだろうが、とにかく学に慰《なぐさ》められると、少しだけ気分は収まるのだった。

そして月曜日、あたしは足取り重く出社した。いつものように大塚女史のところへ顔を出すと、何も言わずぽんぽんと肩を叩かれた。

「大丈夫なの、高沢」

「……はあ、何とか」

それだけ言って、あたしは三階の書籍編集局へ向かった。デスクに座り、パソコンを開いた。

誰もいない編集局でメールボックスを開くと、そこに一通のメールがあった。重要、と頭に記されている。

〈午前十時半、社長室前に集合。総務鈴木〉

いよいよそういうことらしい。一時間、あたしはただ待つだけだった。

何も起きないまま、一時間が過ぎた。あたしは立ち上がり、五階へと向かった。

社長室の前まで行くと、そこに四人の男女が立っていた。

「ああ、来た来た」鈴木部長が言った。「あなたが来ないとマズいからねえ」

「はあ」

あたしは辺りを見回した。残りの三人は知っているようで知らない、知らないようで知っている、そんな人たちだった。

一番右に立っていたのは、スリーピースの背広を着た男の人だった。もう六十近いだろう。確か広告部の人だと思ったが、もしかしたら間違っているかもしれない。

真ん中にいたのは女の子だった。顔は覚えている。今年の新入社員だ。名前は何と言ったっけ。胸が大きかった。

そしてもう一人はあたしと同じぐらいの年齢の男性だった。銀縁の眼鏡をかけている。河井《かわい》だっけ河田《かわた》だっけ。コンピューターシステム管理部の人だ。いつも不機嫌そうな顔をしているが、今日もそうだった。

「十時半になったな」鈴木部長が言った。「まだなのかな」

そこへ総務部の菅《すが》というオバサンがやってきた。鈴木部長に何やら耳打ちをしている。

じゃあ仕方ないね、と鈴木部長が言った。

「それでは、お疲れさまです。時間になりましたので、社長室の方に入りたいと思います」

「あの」河井だか河田だかが言った。「何のために呼ばれたんですか」

「それは社長から説明があると思います」

それ以上何も言わせずに、鈴木部長が社長室のドアをノックした。どうぞ、という細い声が聞こえた。鈴木部長がドアを開けた。

「おはようございます」

「お疲れさまです」社長が言った。「そちらに座ってください」

あたしたちはソファセットのところへ行き、言われた通り座った。鈴木部長だけは立っていた。

「三人？」

社長が言った。すいません、と鈴木部長が頭を下げた。

「今、四人目が至急こちらに向かってるところです」

「そうですか。まあ、仕方ありません。突然でしたからね」社長がデスクの上にあった一枚の紙を手に立ち上がった。「では、始めましょう」

何を始めるのですか、とは誰も言わなかった。ただならぬ気配を感じていたのだろう。誰もが沈黙を守っていた。

「広告部、白沢慶文《しらさわよしふみ》さん」社長がほとんど聞き取れないくらい小さな声で言った。「新雑誌編集部に異動です」

六十近い男の人が、はあ、とうなずいた。そうするしかなかったのだろう。

「コンピューターシステム管理部、河本次郎《かわもとじろう》さん」そうか、河本だったか。「新雑誌編集部に異動です」

河本くんが眼鏡を外した。アクションはそれだけだった。

「販売部、丸山早織《まるやまさおり》さん」社長が言った。「新雑誌編集部に異動です」

「あたしですかぁ?」

早織がすっとんきょうな声を上げた。あなたです、と社長が言った。

「なお、新雑誌編集部編集長は経理部高沢久美子さんです」

三人が一斉にあたしを見た。お願いだから見ないでください。

「これは内示です。ですが、異動はすみやかに行ってもらいます。三人とも、今日一日で引き継ぎを済ませ、明日から新雑誌編集部の一員として仕事を始めてください。時間はありません」

「あの、河本ですけど」河本くんが手を挙げた。「突然そんなことをおっしゃられても……だいたい、なぜ僕なんですか?」

「わたしが決めたからです。何か不満でも?」

社長が言った。ヒトラーだってもう少し言い方を考えただろう。だが、それが答えだった。

　その時、ドアがノックされた。入ってきたのは菅さんだった。

「お話し中すいません。あの……」

「どうぞ」社長が手をこすり合わせた。「入ってもらいなさい」

　菅さんの後ろから顔をのぞかせていたのは学だった。学？　何でここに？

「あの……大至急こっちに行けって言われたんですけど……」

「書籍編集局、加藤学さん」社長が言った。「新雑誌編集部に異動です」

「はあ？」

　学が首を傾けた。話は以上です。と社長が手を叩いた。

「あとは編集長の指示に従ってください」

　どうなってるんだ、と学が顔だけで言った。わかんないわよ、とあたしは答えた。とにかく、とんでもない一日になりそうだった。

Story 3　通販って何？

1

加藤くんも座って、と鈴木部長が小声で言った。はあ、とか何とか言いながら、学がソファのところに来て、あたしの隣に座った。

あたしはとにかく驚いていた。まさか、学があたしの下に来るなんて。

「あの、いったい何の話でしょうか」

学が言った。長沼社長が二度まばたきをした。

「異動の内示です」

「といいますと」

「あなたには新雑誌編集部に移ってもらいます」

「何なんですか、それは」

「詳しくは編集長に聞いてください」

「編集長というのは……」

「高沢久美子さんです」

そこへ菅さんが入ってきた。手に大きな封筒を持っている。そのまま社長に渡した。

「ああ、間に合ったようですね……皆さんの名刺です」名刺、と白沢さんがつぶやいた。そうです、と社長が封筒に手を入れた。出てきたのは
プラスチックのケースに収まった名刺だった。

「新しい雑誌ですから、初めての人と会う機会も増えるでしょう。なくなったらすぐ補充しますから、どんどん使ってください」

高沢編集長、と社長が言った。あたしのことだ。あたしは立ち上がって社長の前に出た。

「これをどうぞ」

プラスチックのケースを二箱渡された。二百枚ということだろう。

あたしは経理部員として入った年に百枚の名刺をもらっていたけれど、まだ使いきれないでいる。編集というのは人と会う仕事なのだなと思った。

「白沢さん」

社長が言った。白沢さんが立ち上がって、首を二、三度振った。

まま入れた。

「これを」

社長が名刺を渡した。拝《おが》むようにそれを受け取った白沢さんが背広のポケットにそのまま入れた。

「加藤さん」

頭をガリガリと掻いていた学が、はい、と言って立ち上がった。社長の手から名刺を渡され、それを確認していたが、ほとんど聞き取れない声で、あの、と言った。

「高沢さんが編集長なんですよね」

「そうです」

「ぼくは今、単行本編集部で副編集長なんですが、その辺りはどうなってるんでしょうか。どう考えればいいんでしょうか」

「たった五人の部署です。副編も何もないでしょう」

社長の答えははっきりとしたものだった。そうなんですか、と学が小さな声で言った。

「もちろん、今後部署は大きくなっていくでしょう。あなたたちが作る雑誌が順調に売れていけば、当然そうなります。編集部は十人になるかもしれない、二十人になるかもしれません。そうなった場合、副編集長も必要でしょうし、デスクとかそういう役回りもいるようになるでしょう。ですが、今は五人です。編集長がいればそれで十分だとわたしは考えています」

「はい……」

「よろしいですね？」

「はい……」

「結構。それから、皆さんにも申し上げたいのですが、今回の新雑誌は高沢編集長の企画発案によるものです。当然ですが、高沢さんが編集長となります。年齢、職歴、その他いろいろあるかと思いますが、今後は高沢さんのことを編集長と呼ぶように。上意下達は編集部の要です。高沢編集長を中心に編集を進めていただきたい。よろしいですね」

誰も何も言わなかった。納得しているのかどうなのか、それはあたしにもわからなかった。

「では名刺を。河本さん」

「はい」

「丸山さん」

「はーい」

二人が名刺を受け取った。河本くんは無表情だ。対照的に早織はどこか嬉しそうだった。

「以上です……ああそうだ、編集長」

長沼社長が顔を上げた。編集長。それはつまりあたしのことだ。

「はい……何でしょうか」

あたしは自分が編集長であるということに慣れていない。返事が少し遅れた。

「創刊時期はいつ頃になりそうですか」

創刊時期。そんなことを言われても見当もつかない。だいたい、本当にこの五人で雑誌など作れるのだろうか。

「……まだ、わかりません」

「それは困りますね。予算の問題もあります。いつ頃になるか、見通しだけでも聞かせてください」

あたしは学を見た。助けて、学。どうしたらいいの。

でも、学は何も言ってくれなかった。うつむいて首を振っているだけだ。

どうしたらいいのだろう。こうなればヤケだ。あたしは口を開いた。

「来年の今頃には……」

「子供の遊びじゃないんです」長沼社長が顔をしかめた。「それじゃ遅すぎる」

「では……年明けには」

「駄目です」

あたしの言葉は却下された。じゃあ、いつならいいのだろう。

「十二月ですね」長沼社長が言った。「十二月発売の新年号。それでどうですか。雑誌は季刊を考えています。十二月売りの一月号、三月売りの四月号、六月売りの七月号、九月売りの十月号、そんなところでしょう」

どうですかも何もない。社長は最初からそのつもりだったのだ。

あたしとしても答えようがなかった。十二月です、と社長がもう一度言った。

「今は六月中旬だから……七、八、九、十、十一、五ヶ月あります。それだけあれば十分でしょう」

五ヶ月。それしかないの？　マジで？　五ヶ月で、この五人で、何をどうしろって言うの？

「では、よろしくお願いしますよ。鈴木さん、彼らを新しい部署に連れていってあげてください」

以上です、と社長が目をつぶった。もうどうすることもできない。

社長室を出ていく以外、することはなかった。

2

「こちらです」

鈴木部長が地下に案内してくれた。あたしは来たことがあるけど、他の四人は新しくなって初めて来たに違いない。こんな部屋あったんだ、と早織がつぶやいていたけれど、その通りだった。

「まあ、中に入って」

鈴木部長が言った。あたしたちはそれぞれ先頭を譲りながら、部屋の中に入っていった。

「ね？　きれいでしょ？」

鈴木部長が笑った。確かに部屋の中はきれいだった。クリーニングが入ったのだろう。床はぴかぴかだった。

「皆さんのデスクはこちらです」

デスクが五つ、コの字型に並んでいた。まあとりあえず編集長は真ん中に、と言われた。あたしはお誕生日席に座った。

「席順とか、どうするんですかあ」

早織が言った。なるほど、その通りだ。たかが五人の編集部とはいえ、座る順番も考えなければならないだろう。新しい部署は大変だ。

「白沢さん、どこがいいですか」

学が聞いた。わたしはどこでも、と白沢さんが言った。

「末席で十分だがね」

「いや、そういうわけにはいかんでしょう。先輩後輩ということもありますし、どうぞ上座の方へ」

上座ってこの場合どっちなんだろう。あたしの右側？　それとも左側？

しばらく白沢さんはぐずぐずしていたけれど、結局あたしから見て右側の席に座った。

じゃあ年の順ということで、と学が左側に座った。

「二人はどうする？」

どっちがいい？　と学が聞いた。どっちでもいいですよ、と相変わらず不機嫌な顔で河本くんが言った。

「あたし、手前でいいですよ。一番出口に近いところで」

早織が席に着いた。河本くんが白沢さんの隣に座った。これで席順が決まったことになる。

「じゃ、これでいいですね」鈴木部長が手を叩いた。「この順番で、席をフィックスしますから」

あたしはアイマイにうなずいた。フィックスでも何でもしてください。

「あのですね、コンピューター、パソコンは最新式のマックを揃えましたから」

何が嬉しいのか、鈴木部長はずっと笑っていた。確かに、あたしたちのデスクに置かれたパソコンは、今まで使っていたものと違っていた。新品なのはいいけれど、わけのわからない機能がたくさん付いていそうで、あたしとしては何となく面倒くさかった。

「何か足らないものがあったら言ってください。できる限りのことはするようにと社長から言われてますから」

じゃ、後はよろしく、と言って鈴木さんが部屋を出ていった。しばらく沈黙が流れた。

「『ショムニ』みたいだ」

学がぼそっと言った。『ショムニ』って何ですか、と早織が聞いた。昔のドラマ、と河本くんが口だけを動かした。ふうん、と早織がうなずいた。

「座ったはいいけど、どうします？」

河本くんが言った。どうしますと言われても、どうすればいいのだろう。

「とりあえず、わたしは広告部にちょっと顔出してきますよ」白沢さんが言った。「いきなりこの歳で異動をしろと言われても、困ったものだが」

「ぼくもちょっと」学が立ち上がった。「一回とにかく戻ります」

「あたしもあたしも」早織が言った。「上の人に説明してこないと」

「同じく。そんなねえ、突然異動とか言われても困りますよ」

河本くんが言った。あたし。あたしはどうしよう。そうだ、とりあえず大塚さんに報告しないと。

「じゃあ、それぞれ一時解散ということで」

学が言った。白沢さんを先頭に、みんなが部屋から出ていった。

一人残されたあたしは誰もいなくなった新雑誌編集部で、ただ呆然《ぼうぜん》としていた。

3

他にすることもないので、四階の経理部へ行った。まるであたしが来るのを知っていたかのように、大塚女史が一人で座っていた。

「大塚さん……」

わかってる、というように大塚女史が立ち上がって会議室へと向かった。あたしはただついていくしかなかった。

「新雑誌編集部のメンバーが決まったんだって？」

座んなさい、と大塚女史がイスを指し示した。あたしはドアを閉めてから席に着いた。

「……はい」

「聞いたよ。なかなかの強者《つわもの》揃いじゃないの」

大塚女史がくわえた煙草に火をつけた。

「強者っていうか……なんだか、とんでもないです」

そうだわねえ、と大塚女史がうなずいた。ちょっと苦笑いを浮かべていた。

「誰だっけ……広告の白沢さんだっけ」

「そうです」

「白沢さんは何歳だっけねえ。五十八か、五十九か、とにかく後一年くらいで定年だと思ったけどね」

「そうなんですか」

確かに年齢的には飛び抜けて年上だと思っていたけれど、そんな人を配属させるなんて。社長は何を考えているのだろう。

「たぶん、営業の藤田《ふじた》役員の人事だね。誰か一人絶対に新雑誌編集部に出せと社長から命令されて、どうしようもなく白沢さんを出したんだろうよ。高沢、白沢さんのことは知ってるかい?」

「顔は……でも話したことないです」

「そりゃそうだ。私だってほとんどない」

「どんな人なんですか?」

「いい人だよ。英国紳士みたいな人さ。ヒマさえあればいつでも自分で紅茶いれて飲んでる。そんな人だよ」

「何でそんな歳の人が、こっちに来ちゃったんでしょうか」

「今はねえ、どの部署も若手が不足しているから、二十代、三十代の社員はとても出せないと藤田役員は判断したんだろうよ。あの人はリアリストだからね。おそらくあんたの新雑誌が失敗すると読んだんだろう。だったら誰を出しても同じだ。もう会社員として余生を迎えてる白沢さんに行ってもらおうと、そう考えたんじゃないのかね」

そんな、とあたしは営業の藤田役員の顔を思い浮かべた。そりゃ確かに失敗するかもしれない。失敗する可能性の方が高いだろう。

だけど、だからといって、そんな役にも立たない年寄りを押し付けるなんてひどすぎないだろうか。

「まあ本人もやる気ないんだろうね、当然だけど」

「編集経験とかは……」

「あるわけないでしょ。会社入った時から広告だけだよ」

はあ、とあたしはため息をついた。あたしだって編集については素人なのだ。素人ばかりいても仕事にならないのはわかっていることだった。

「加藤のことはわかってるね」

いきなり学の名前が出て焦った。でも考えてみれば順番なのだから、それは当然だった。

「……はい」

「加藤はねえ、そこそこだよねえ」

「……そこそこですか?」

「うん。三十一だろ、あの子」学も大塚女史にかかってはあの子なのだった。「何かねえ、妙にまとまりすぎてると思うんだよ」

「まとまってるのは何かマズいんですか?」

「マズくはないけどさ。つまらん男だなって気がするのよ。加藤にとってこの異動はいいことだったんじゃないのかね」

「そうですか?」

「そう思うね。書籍作って変にまとまっていくより、無茶苦茶なとこ行って一回ひどい目にあった方がいいのさ」

スパルタな考え方だ。まあ、確かに学は順調な編集者人生を歩んできた。

本人も、おれは恵まれてると言ってたぐらいだから、そういうことなのだろう。一度ぐらいわけのわからないことに巻き込まれるのも、本人にとってはいいことなのかもしれなかった。

「それに河本か。あれはね、かわいそうな子だよ」

「かわいそう?」

「河本はあんたと同じくらいの歳だろ」

「そうですね」

「まだ若いのにさあ、コンピューターシステム管理部なんか入れられちゃって、そりゃあ厳しいよね」

あたしはコンピューターシステム管理部について何も知らない。社内のパソコンが壊れたりした時に直しに来てくれる人だという認識がある程度だ。正直言って、ビルの何階にコンピューターシステム管理部があるのかもよくわかっていなかった。

「河本さんって、入社した時から同じ部署なんですか？」

「あたしの記憶に間違いがなければね。そりゃあんな不機嫌な顔になるのもしょうがない」

「何で異動させられちゃったんでしょうか」

「そりゃ、あんたの企画書のせいだ」

「企画書？」

「あんた、企画書の中にウェブのこと書いただろ」

いつの間にか大塚女史はあたしの企画書を読んでいた。

「確かに……ウェブ展開も考えるって。クリックひとつで商品を購入できるようにするとか何とか」

「コンピューターに強い人間が必要だろうと社長も判断したのさ。それで異動してきたってわけ。まだうちはウェブ展開してないからね。まあ河本はコンピューターに強いから、何でもできるだろうさ」

あたしは頭を抱えた。あたしの書いた企画書のせいで、いろんな人に迷惑がかかっている。いろんな人の人生を変えている。責任を感じてしまった。

「そして、丸山早織か……困ったもんだね」

「……でしょうか」

「あの子はねえ……こんなこと言いたくないけど、あたしが一番苦手なタイプの女だね」

「苦手？」

大塚女史にそんなこと言わせるなんて、たいしたものだと思った。

でも、言ってることはわからなくもなかった。あたしもあんまり得意ではない。

「今どきの子っていうの？　気配《きくば》りができない子だよね」

「……はあ」

「そのくせ、男受けはいいんだよねえ……確かにぱっと見はキレイな子だし、オッパイだって大きいからねえ。そりゃ男は喜ぶだろうけどさ」

男の人と話す時と、女同士で話す時、明らかに態度の変わる子だった。しかも社会人歴三ヶ月。要注意だ。

「まあまあ、そんな四人をまとめていかなきゃならないんだからねえ。高沢のことを思うとあたしはかわいそうで泣けてくるよ」

大塚女史が派手に煙を吐いた。あたしはがっくりと肩を落とした。

「あたしがまとめていかなきゃならないんでしょうか」

「そりゃ仕方ない。あんたの企画だもの。社長から言われたんでしょ？」

「まとめろとは言われてませんけど……。他の四人には、あたしのことを編集長と呼ぶようにって言ってました」

「そりゃ編集長だものねえ」

「あたしには無理です。できません」

「そうだねえ。できるとは思えないね」

「でしょう？　今だったらまだ間に合うと思うんです。企画がいいと社長が判断されたのであれば、それはいいんですけど、もっと企画を実現するのにふさわしいメンバーと編集長がいると思うんです」

「自分ではないと？」

「少なくとも、あたしは絶対違います」

大塚女史が煙草を消した。あたしは黙って頭を下げた。

「……確かにそのメンバーじゃ高沢には荷が重いかもしれない」

「かもしれないじゃないんです。荷が重すぎるんです」

大塚女史がちょっとだけ笑った。

「さて、あんたの引き継ぎは終わってるのかい？」

はい、とあたしはうなずいた。新雑誌編集部の中ではあたしだけが先週のうちに内示を受けていたので、仕事は次の人に引き継ぎを済ませていた。

「じゃあ、あんたは編集部に戻りなさい。少なくとも今はあんたが編集長なんだ。編集長がいなかったら困る人も出てくるだろ」

大塚女史が立ち上がって、大きく伸びをした。あたしも席を立った。

「まあ、頑張んなさい」大塚女史がドアを開けた。「終わりのない夜はないと言うよ」

そうだろうか。もしかしたら、本当はそんな夜もあるのではないだろうか。

でも、そんなことは言わなかった。よろしくお願いしますと頭を下げて、あたしは会議室を後にした。

4

あたしはトイレに寄ってスマホからラインを一本打った。それから地下へ降りて、編集部に戻った。誰もいなかった。まだみんな引き継ぎをしているのだろう。

今日いきなり内示を受けたのだから、それを説明するだけでも大変なはずだ。時間がかかるのは仕方がない。

しばらくぼんやりしていると、足音がしてドアが開いた。立っていたのは学だった。

「おいおい」学が編集部の中に目をやった。「えらいことになっちまったな」

学が戻ってきたのは理由がある。あたしがラインで呼んだのだ。

「本当に、大変なことになっちゃったよお」

あたしは泣くまねをした。わかったわかった、と学が苦笑した。

「いや、しかしこれはマジで考えなきゃならんぞ」

「だね」

「素人編集長に寄せ集めの部員か。いったい何をしようって言うんだ」

「わかんない」

「わからんよなあ」学があたしの左側に座った。「おれにもわからん」

「どう思う？　他の三人……」

「どう思うって言われてもねえ……白沢さんに、河本に丸山か。歳も部署もバラバラだしな」

「どうしよう」あたしはため息をついた。「ねえ、どうしたらいいと思う？」

「まあ、とにかく他の三人はさ、お前の企画の内容自体わかっていないわけだろ」

「たぶん」

「それを説明しないとな。おれはわかってるよ。通販カタログを作る編集部だってな。だけど三人はまだ知らない。そこから説明をしないと」

「うん」

あたしはメモ帳に説明と書いた。それから。それから何をすればいいの？

「本当に重要なのはさ、通販会社を捜すことだと思うよ」

学が言った。通販会社って何？　どういう意味？

「久美子だってさ、まさか一から通販するつもりじゃないんだろ？」

「一からって？」

「例えばアパレルと提携《ていけい》して、商品を提供してもらってさ、それを在庫としてうちの会社で管理して、注文があったらそれに対応して商品を売るっていう一連の流れをやりたいわけじゃないんだろ」

学が早口で言った。待って待って。何のことだかちっともわからない。

「てゆうかさ、お前って通販で物買ったことある？」

「あるけど」

「何買った？」

「ブラウス。テレビのショッピングチャンネルで、つい欲しくなっちゃって……」

「いや、そんなことはいいんだよ。ショッピングチャンネルということは、どこかに電話で注文したのか」

「そうそう。オペレーターとかって人が電話に出て、何だかよくわからないうちに手続きが終わってた」

「おれが聞いてるのはさ、そんなオペレーターまで雇って通販事業を展開しようってことじゃないんだろということさ」

「まさか。そんなことできるはずない」

「そうそう。それが常識ってもんだ」

「うん」

もともとあたしが考えたのは、そんなにリアルな話ではない。大それたことを考えたのではないのだ。

通販の部署を作ろうということではない。あくまでも、あれは企画書の上での話だ。

あたしの頭の中にあったのは、いわゆる通販雑誌というものがあまりにもオシャレではないということで、だったらもっとファッション性の高い雑誌を作ってみたらどうか、という提案だった。

いや、提案でもない。ちょっと言ってみたぐらいの話だ。

「まあだから、そういう会社をみんなで捜すってのが第一歩だろうな」

学が言った。

「そんな会社あるのかな」

「ないとは言えないだろう。通販は今、確かにはやっている。会社だってたくさんあるだろう。その中にはこっちのリクエストに応えてくれる会社もあるかもしれない」

「さすがは学だねえ」あたしは感心していた。「いいところを突くよね」

「これでも一応、唯一の編集部員だからな」

「ホント、学がいてくれて助かったと思ってる」

「おれはただ、びっくりしただけだけど」

「学の本意じゃないことはわかってるよ。単行本の仕事大好きだったもんね。それなのにこんな面倒に巻き込んで悪いって思ってる」

「いいよ、そんな」

「だけど、学がいてくれるから、こんな無茶な仕事にもチャレンジできるっていうか」

「いいんだよ、久美子」学があたしの肩に手を置いた。「お前が困ってるんだったら全力でヘルプするよ。それがおれの役目だ」

「学」

「久美子」

あたしたちは手を握《にぎ》り合った。いいの？　会社でこんなことしても。ああ、でもガマンできない。あたしは目をつぶった。

「……久美子」

その時、電話が鳴り出した。内線の音だ。あたしは目を開いて、受話器を取った。学が小さく咳払《せきばら》いをした。

「はい、新雑誌編集部です」

「もしもし」

男の細い声だった。あたしは受話器を握り直した。

「長沼ですが、高沢編集長ですか」

「はい、高沢です」

「すみませんが、至急社長室へ来てください」

「……あの、どういったご用件でしょうか？」

「来ればわかります。ではよろしく」

社長が電話を切った。仕方なく、あたしも受話器を置いた。

「誰から？」

学が言った。社長、とあたしは答えた。

「今からすぐ来いって」

「何なんだろう」

「わかんない」

社長が何を言い出すのか、見当もつかなかった。考えても無駄だということだけはわかっていた。

「まあ、じゃあ行ってくる」

「ご無事を祈っております」

あたしと学は編集部を出た。学、とあたしは小声で言った。

「ホントありがとう。感謝してる」

「いいって」

「ううん、言わせて。学がいなかったら、もっと大変だったと思う」

「そんなこと……」

「あるのよ。とにかくあたしが言いたいのは、あなたがいてくれて助かったってこと。これからもよろしくお願いします」

「さっきも言ったけどさ、やれることがあったら何でもするよ。それがお前のためになるんだったらな」

「サンキュー」

あたしたちはエレベーターの前へ行った。学がボタンを押す。

「今日、どうする?」

あたしは聞いた。学が首を振った。

「とてもじゃないけど早く帰れそうにない。今日一日ですべての引き継ぎをするなんて無理だよ」

「わかる」

「何時に帰れるかわからない。今日は黙って代々木に戻るよ」

「わかった」

学が遅くなるというからには、とてつもなく遅くなるのだろう。深夜帰宅になるのは間違いなかった。

エレベーターの扉が開いた。誰も乗ってなかった。

「社長、何だっていうんだろう」

「そりゃ、長沼社長の言動は常にわからないさ」

あたしたちはエレベーターに乗り込んだ。はあ、とあたしの口からため息が漏れた。

5

五階の総務部へ行くと鈴木部長が待っていた。

「ご苦労さまです」

なぜかこの人はいつも笑っている。別におかしなことなど何もないのだけれど、とにかく地顔が笑い顔になっているようだった。

「社長はあたしに何の用があるのでしょうか」

あたしは聞いた。左腕の時計に目をやると、ちょうど三時だった。

「さあ、そのへんは伺《うかが》っていないので」

鈴木部長が笑顔で首を振った。その顔、何とかならないんでしょうか。

「では、どうぞこちらへ」

鈴木部長が先に立って案内してくれた。案内と言っても、社長室は総務部のすぐ裏にあるのだけれども。

「よろしいですか」

鈴木部長がささやいた。あたしはお腹に力を込めた。

「大丈夫です」

「びっくりしないでね」

鈴木部長がさらに声を潜《ひそ》めた。え？　何のこと？　どういう意味？

だがそれを確かめている時間はなかった。鈴木部長が社長室のドアをノックしたからだ。

「はい、どうぞ」

社長の低い声が聞こえた。鈴木部長がドアを開いた。社長が定位置に座っているのが見えた。

「高沢さんです」

鈴木部長が言った。それはそれは、と社長が立ち上がった。

「どうぞ、お座りください」

あたしは社長室の中に一歩踏み込んだ。ソファに目をやると、そこに先客がいた。かなり大柄な女性だ。身長は百七十を優に超えているだろう。そして何よりも印象的なのは着ているものだった。

六月も半ばというこの時季、外は既《すで》に初夏を通り越して暑くなっている。にもかかわらず、この女の人は黄色のワンピースの上から黒い革のジャケットを着ていた。足元はウエスタンブーツだ。

何歳ぐらいだろうと思った。三十代後半か、四十歳くらいではないか。

顔はパーツのひとつひとつがはっきりしていて、まあ美人な方だ。顔の半分が隠れるほどのサングラスをしていたので、実際のところはよくわからないのだが。

「お座りください」

社長がもう一度言った。あたしは頭をひとつ下げてからその女性の向かい側に腰を落ち着けた。

では、私はこれで、と鈴木部長が去っていった。社長がソファのところへやってきてそのまま座った。

「ご紹介しましょう。先ほど話した編集長の高沢です」

あたしは立ち上がって頭を下げた。何だかわからないけど、そうした方がいいと思ったのだ。

「それでね、高沢さん、こちらはドクターＤＪの社長、烏丸奈美恵《からすまるなみえ》さんです」

烏丸社長が長いロングの髪をはらって立ち上がった。百五十数センチのあたしから見ると、巨大な像が動いたように見えた。

「烏丸です」

低いが、はっきりした声でそう言った烏丸社長が名刺を差し出した。

あたしも、いつも持ち歩いているポーチに今日もらったばかりの名刺を入れたことを思い出して、名刺を引っ張り出した。

「まあ、お座りください」

社長が言った。あたしたちは座り直した。

「今も烏丸社長と話していたのですがね、高沢編集長」

「はい」

「あなたの企画書には一点足りないものがある。ご自分でもそれはわかっていますね」

一点足りないもの。正直なところ、足りないものばかりだという気がしたが、ここは切り出さず長沼社長のお話を伺うことにした。

「はあ」

「足りないものとは何か。つまりは商品供給の方法です。どうやって商品を確保し、それを販売するのか。そこが決まらない限り、あの企画をやる意味がありません」

「はい」

そんなことはわかっている。というか、それは一点足りないものがあるというレベルの話ではないだろう。重要な問題があるということだ。

「確かに、今永美社に通販事業部を設置するマンパワーはありません。場所もない。資金もない。ノウハウもない。とてもではありませんが、そんなことは不可能です。つまりあなたの企画書のまま、出版社主体で通販雑誌をやるのは難しい」

「はい」

「さて、そこでドクターＤＪです」長沼社長が烏丸社長を指さした。「ドクターＤＪのことはご存じですよね」

ドクターＤＪ。さっき社長にその社名を言われた時、何か心に引っかかるものがあった。

何となく聞き覚えはある。だけどどこで聞いたことがあるのか、それがわからなかった。

「……すいません。不勉強で」

あたしは首を振った。いいんですよ、と烏丸社長が言った。

「まだ小さい会社ですもの。知らなくても当然でしょう」

「六本木《ろっぽんぎ》ヒルズに事務所を構えている会社を、世間は小さいとは言いません」長沼社長が笑った。「ドクターＤＪは立派な会社ですよ」

「ありがとうございます」

あたしは慌ててもらったばかりの名刺を見た。そこには確かに六本木ヒルズの住所があった。

「ドクターＤＪって……ショップチャンネルの会社ですか？」

どこか聞き覚えがあると思ったが、そうだ、ＣＳテレビのショッピングチャンネルで見たことがある。目の前にいる烏丸社長も出演していたはずだ。

「そうです」烏丸社長がうなずいた。「見てくださってますか」

「はい、何度か……買ったことはないんですけど」

「あら残念」烏丸社長が口に手を当てた。「次はぜひどうぞ」

「知っていれば話が早い。ドクターＤＪはファッションの通販事業をやっている会社です」長沼社長が言った。「今回、ドクターＤＪとタイアップしてみたらどうかと思っているわけです」

それってつまり、さっきあたしと学で話していたことではないか。どこか通販会社を見つけて、そこの会社の商品をカタログに編集していく。そういうことなのではないか。

長沼社長にはすべてお見通しというわけだった。あたしたちが何に困って、何ができないかはすべてシミュレーション済みのようだった。

「うちの会社はショッピングチャンネルが主体で、カタログらしいカタログはないんです」烏丸社長がサングラスを外した。「前からチャレンジしてみたいと思っていたんですけど、なかなかいい話がなくて……」

「渡りに舟というわけです」長沼社長が低く笑った。「共通の知人がおりましてね。紹介してもらうのは簡単でした」

前から不思議に思っていることなのだが、長沼社長は奇妙な人脈を持っている。どんな世界でも共通の知人がいるのだ。

だが、誰もその共通の知人という人を見たことはない。いったいどうなっているのだろう。

「それでは、具体的な話をしましょう」烏丸社長が口を開いた。「雑誌はいつ創刊の予定なのですか？」

「今年の十二月発売の新年号です」

長沼社長が答えた。

「総ページ数は？」

「百三十二ページぐらいでしょうか?」

また長沼社長が勝手に答えた。待ってください、社長。まだそんなこと全然話し合ってないんです。

ああ、学、助けて! 誰か助けて!

Story 4　編集って何？

1

話し合いはそれから二時間ほど続いた。

話し合いといっても、それは長沼社長とドクターＤＪの烏丸社長との対談のようなものだ。気鋭の経営者がお互いの経営哲学を語るといった内容で、あたしにはまるでちんぷんかんぷんだった。

別に二人があたしのことを無視していたというわけではない。両社長共にあたしに話を振ってくれる時もあった。

だけど、何も答えることはできなかった。だって、会社の予算において人件費の占《し》める割合はどれぐらいが妥当かといわれても、あたしは答えようがない。

あたしはただの一社員なのだ。経営者とは違う。

とにかく、二人はよく喋った。基本的には烏丸社長が自分の経営哲学を披露《ひろう》し、長沼社長がそれに対して肯定していくといった展開だったが、長沼社長もよく話していた。長沼社長には無口なイメージがあったので、ちょっと驚いていた。なるほど、他社の人に対してはこんな風になるのか。

「そう、そうなんです。さすが長沼社長、よくわかってらっしゃるわ」

烏丸社長が言った。いえいえ、と長沼社長が首を振った。

「女性が社長というのはね、まだ今の日本では難しいものがあります。それでも、自分のやりたいことをやるためには、自分が社長になるしかないでしょう。つらいことばっかりです」

「わかりますよ」

二人がうなずき合った。何だか出来の悪い夫婦漫才を見ているようだった。

「どうでしょう、社長。まだ少し早いようですが」

長沼社長が腕時計に目をやった。あたしも同じように時間を確かめた。五時を少し回ったところだった。

「食事でもしませんか」

「あら、そうですか」烏丸社長が頬《ほお》に手を当てた。「よろしいんでしょうか、こんな時間から」

「よく知っている店があるんです。イタリアンですが、なかなかいい味ですよ……よかったら高沢編集長もどうでしょう」

とんでもない、とあたしは手を振った。これ以上わけのわからない会話につきあうのはゴメンだ。長沼社長も、そうですか、と言って深追いはしてこなかった。

悪いわ、とか言いながら、烏丸社長が開いていたバッグを閉めた。それが合図だった。長沼社長が内線電話のボタンを押した。

「すいません、長沼です……そう、タクシーを一台。五分後でお願いします。よろしく」

社長が電話を切った。烏丸社長が立ち上がった。

「ちょっとメイクを直してきます」

「わかりました。高沢さん、化粧室まで案内してあげてください」

「はい」

あたしは反射的に立ち上がっていた。すいません、と烏丸社長が言った。こちらです、とあたしは社長室の扉を開いた。

「ステキな社長さんね」歩きながら烏丸社長がささやいた。「おいくつぐらいなのかしら」

「はっきりしたことはよく知らないんですが、六十は越えているはずです」

「まあ。五十代で十分通りそうね」

「はあ……あの、こちらがトイレです」

どうもありがとうと言って烏丸社長がトイレの中に入っていった。あたしはどうしたらいいのだろう。

ここで、烏丸社長を待っているのもおかしな話だ。あたしは彼女の秘書じゃない。それに、二人の社長はこれから食事をしに行くと言っていた。もうあたしには用がないということだ。

そう判断して、こちらで失礼しますと声をかけた。トイレの中からは何も返事はなかった。

(まあ、しょうがない)

あたしはエレベーターに向かって歩き出した。

2

五時過ぎ、地下の新雑誌編集部に戻った。誰もいなかった。

(どうしたらいいんだろう)

何もわからなかった。何をどうしたらいいのか、見当もつかなかった。

いきなり編集長をやれと命じられた。そこまではわかった。だけど、この先どうしたらいいのだろう。

今日はいい。もうこんな時間だ。みんな引き継ぎのために走り回っていることだろう。

白沢さん、学、河本くん、早織。年齢も職歴もバラバラの四人をどうまとめていくべきなのか。まとめられるはずがない。少なくともあたしには無理だ。

どうしよう。とりあえずスマホを引っ張り出した。学に連絡を取るためだ。

学は四人のなかで唯一編集経験がある。こんな時、どうすればいいのかわかっているだろう。別にあたしが学とつきあっているからではない、と首を振った。

ライン。画面を切り替える。最初のひと文字、何と打とうかと思っていたら、いきなりドアが開いた。

「ああ……いたんですか」

河本くんだった。

「今戻ってきたところなの」あたしはスマホをしまった。「引き継ぎは順調ですか？」

「ぼちぼちです」不機嫌な顔のまま河本くんが自分の席に座った。「話は全部通ってました。上は知ってたんですね」

「そうなの？」

ええ、と河本くんがうなずいた。

「そうじゃなきゃ、こんな季節外《はず》れの異動、あるはずないじゃないですか」

「そう……そうよね」

「社長命令ですよ。すべてがね」河本くんがパソコンのキーボードに手をやった。「何でもかんでも、この会社じゃ社長命令だ」

「そうね……そういうとこ、あるかも」

「ああ、そうだ。さっき白沢さんとすれ違ったんですよ」

河本くんがキーボードを叩きながら言った。

「そうなの?」

「ええ。今日はこのまま帰るから、そう編集長に伝えてくれって」

「引き継ぎがうまくいってないのかな」

「まあそういうこともあるでしょうね。白沢さんは広告営業が長かったですからね。いろいろアイサツとかもあるでしょう」

「丸山さんは?」

「さっきからここを出たり入ったりですよ」河本くんがため息をついた。「でも、本人はこの異動を喜んでるみたいですよ」

「どうして?」

「さっきも内線電話にかじりついてましたから。『あたし、編集者になったのよ』とか言ってましたっけ」

「そう」

「同期か何かに報告してたんでしょう。それとも友達かな。よくわかんないですけど」

「河本さんはどうなの？」

「ぼくですか？　ぼくは、まあ、どうでもいいっていうか……」

「どうでもいい？」

「仕事ですからね。結局、社から与えられた仕事ですから。やるだけのことはやりますよ、そんな感じです」

「だけど、河本さん……」

「その前に、編集長」

河本くんがあたしの方を向いた。編集長といきなり言われてびっくりしたのだけれど、あたしのことを編集長と呼ぶようにというのはそれこそ社長命令だったから、河本くんにとっては当然のことかもしれなかった。

「その河本さんっていうのやめません？」

「はあ？」

「編集長とぼくは同い年です。それは知ってます。だけど、入社年度はぼくの方が一年遅いんです」

「はい」

「つまり、編集長はぼくより先輩なわけで、そんな立場の人にさん付けで呼ばれるとやりにくいんですよ」

「はい」

「河本くんで結構です。ぼくは編集長と呼びますから」

ずいぶんと細かいことを言う人だと思った。もっとも、細かい性格だからこそ、今までコンピューターシステム管理部でやってこれたのだろう。

それから十分ほど河本くんはパソコンに向かって何やら作業をしていたが、壁の時計を見てそれを止《や》めた。ちょうど五時半になっていた。

「それじゃ、お先に失礼します」

河本くんが立ち上がった。え、何？　いきなり帰るの？

「五時半ですから」河本くんがあたしの顔を見ながら言った。「当然、帰ります」

そうだ、あたしも前の部署にいた時は、五時半になれば帰り支度を始めていた。でも、今は編集者なのだ、そんなことでいいのだろうか。

「別にいたってやることないでしょ？」

そりゃそうだけど。

「じゃあ、帰ります……編集長は？」

「もうちょっと待ってみる……丸山さんとか、戻ってくるかもしれないし」

「そうすか。ご自由に」

河本くんがカバンを肩から下げた。お疲れさま、とあたしは言った。

3

七時まで待った。丸山早織も、そして、学も戻ってこなかった。

学とはラインで連絡だけはついた。今やっている単行本の編集作業が今日〆切なので、どうしてもこちらには顔を出せないという。

あたしのメンタルな部分以外には、学に戻ってきてもらう理由がなかったので、頑張ってとだけ書いてラインを送った。返事はなかった。

早織が戻ってくる気配はなかった。販売部に電話してみると、いるんだかいないんだかよくわからないということだった。

七時、あたしは立ち上がり、明日の準備をしてから会社を出た。少し雨がぱらついていた。

（踏《ふ》んだり蹴《け》ったりだ）

つぶやきながら家へ向かった。疲れた。一日がとても長く感じられた。

（どうしよう）

夕食をどうするのか。どこかで食べていくか、それとも家で作るか。どちらもひどく面倒に思えた。

結局、あたしは家の近所のコンビニでお弁当を買い、そのままマンションの自分の部屋まで持って帰った。あまりこういうことはしない。よほどのことがなければ自分で作る。よほどのことがあったのだと思った。しかも、それは今後長く続くことが予想された。

部屋に入り、スーツを脱いで部屋着に着替えた。テレビをつけると、よくわからないバラエティ番組をやっていた。いつもだったら夕方のニュースを見ることのできる時間に帰ってこれるのに、とあたしはため息をついた。

それから買ってきたお弁当をぼそぼそと食べた。今日の昼は何を食べたのだろう。そんなことも思い出せなくなっていた。何ということだろう。

しばらくテレビを見た。別に面白いことは何もない。チャンネルをザッピングしていたらスマホが鳴り出した。八時だった。

「もしもし」

「おれ」

学だった。いつものようにちょっとぶっきらぼうな物言いだったけれど、あたしにはそれが何だかとっても懐《なつ》かしいものに感じられた。

「お仕事は？　終わった？」

「まだまだ」学がため息をついた。「むしろ、これからだよ」

「そう……遅くまで頑張ってるね」

「まあね。これが最後の仕事だからね」

「明日からは違う仕事が待ってるよ」

「やれやれだよ……もう家？」

「そう」

「みんなどうしてた？」

「全然わかんない。白沢さんは直帰したみたいだし、河本くんは五時半ジャストに帰った」

「丸山は？」

「社内のどこかにはいたらしいんだけど、つかまらなくて……」

しょうがねえな、と学が舌打ちをした。

「ま、すべては明日だな」

「そうだね」

「おれも明日はそっちに行けそうだから」

「待ってる。九時半から待ってる」

「おいおい、おれは今日徹夜で作業なんだぞ。そんなに早く出社できるか。ポプラ社じゃないんだぞ」

「だって……」

「編集がそんなに早く会社に行ったってやることがないよ。お前もそれぐらいのつもりでいろよ」

確かに、出版社は普通の会社と比べて特殊だ。編集者は昼近くになってようやく出社する。

ひどい人だと夕方近くなって出てくる場合もある。だけど、あたしたち一般職の出社時刻は九時半だった。

今まで何年もそうやって暮らしてきた。それがいきなりの異動で生活パターンが完全にひっくり返るなんて。あたしには信じられなかった。

「そういえば」あたしは言った。「今日社長に人を紹介されたの」

「紹介?」

「ドクターDJって会社の、烏丸っていう社長」

「ドクターDJって何だ?」

「知らない? 通販やってる会社で、主に洋服を取り扱ってる……」

知らないなあ、と学が言った。

「じゃあつまり、そのドクターDJって会社と提携してやっていこうということか?」

「あたしはよくわかんないんだけど、長沼社長はすっかりその気みたい」

「長沼氏もなあ……現場のことは任せてくんないかなあ」

「まあ、そうなんだけど」

「じゃあ、つまりそのドクターＤＪって会社が扱ってる商品のカタログ雑誌を作るということになるんだな？」

「さすが学。わかりが早い」

おだてんなよ、と苦笑する学の声が聞こえた。

「まあ、わかった。とにかく、明日会社でな。みんなの意見も聞かなきゃならないし」

「うん」

「じゃあな」

「学……なるべく早く明日は来てね」

「わかったわかった、とりあえずそういうことで」

電話が切れた。本当に忙しいみたいだった。

あたしはスマホをその辺に置いて、ベッドに突っ伏した。何もしたくない。動きたくなかった。

（ああ、お風呂）

そうだ、お風呂に入らなければならない。面倒だと思ったけど、でもしょうがない。明日のために、せめてシャワーぐらい浴びないと。

（はあ）

深いため息が漏れた。あたしは立ち上がって、お風呂の準備を始めた。

4

翌日。

結局、あたしはいつものように九時半に出社した。長年の習慣はそうそう簡単に変えられるものじゃない。

あたしだけではなく、白沢さんも河本くんも丸山早織も同じ頃出社していた。三人は編集ではなかったのだから、それは当然のことかもしれなかった。

みんなが黙っていた。とりあえず仕方がない。あたしは小さく咳払いをした。

「あの……加藤さんなんですけど、徹夜で校了したので、今日は遅れてくるという連絡がありました」

三人が顔を見合わせた。誰も何も言わない。皆さんは、とあたしは言った。

「引き継ぎは無事終わりましたか？」

白沢さんは、とあたしは尋ねた。白沢さんはいつの間にかティーカップで紅茶を飲んでいた。なんだか高そうなスーツを着ている。

「まあ……だいたいはね。まだ少し行ったり来たりがあるかもしれませんが、なんとか終わりそうです」

「河本くんは？」

「まだ後任が決まってないんです」

「そうなんだ」

「可能な限り、横や上に振れるだけは振ってきましたけどね。どうなるんだか」

さっぱりわかりませんよ。と河本くんが肩をすくめた。

「丸山さんは？」

「あたしはカンタンでした」にこにこ笑いながら早織が言った。「販売部ではデスクワークばっかりだったから、引き継ぎとかも楽で楽で」

彼女はこの四月に入社したばかりだ。研修期間を経て、連休明けに販売部に配属されたのだから、販売部には実質一ヶ月しかいなかったことになる。たいした仕事もなかったのだろう。一人だけ笑顔なのはそれもあるのだと思った。

「あのお、それで、編集長に聞きたいんですけど」

早織が言った。編集長というのはもちろんあたしのことだ。

「何？」

「ここ、新雑誌編集部ということなんですけど」

「うん」

「何やる部署なんですか?」

いきなり直球で質問された。でも、それは他の二人も同じだったのだろう。白沢さんと河本くんがそれぞれうなずいた。

どうしよう、と思った。学がまだ来ていない。助け舟を出してくれる人は誰もいないのだ。それなのに新企画について話してしまっていいのだろうか。

あたしは三人を見た。みんながあたしの発言を待っている。仕方がない。あたしは用意しておいた企画書のコピーをみんなに配った。

「読んでください」

あたしはそれだけ言って席に座った。三人が思い思いの姿勢で企画書を読み始めた。

数分間が過ぎた。あたしは煙草を吸わないのだけれど、吸うんだったらこのタイミングで吸うのだろうと思えるような時間だった。

「読みました」

河本くんが言った。同時に、白沢さんと早織がうなずいた。そういうことなんです、とあたしは首を振った。

「要するに……通販をやろうということですか?」

河本くんの声が高くなった。顔は相変わらず不機嫌なままだ。

「通販をやろうっていうのと、ちょっと違うんだけど……」

あたしは小声で答えた。これって、早織が小声で口を開いた。

「編集長がこの企画書を書いたんですかあ？」

「……はい、そうです」

「すごいすごい。おもしろいです。やってみたい」

早織が手を叩いた。何だか馬鹿にされてるような気がした。

「でも、うちに通販事業部はありませんよ」

河本くんが言った。その通りだ。

「この企画書だとよくわかりませんけど、通販をやって、なおかつその雑誌も作ってなんて、たった五人でできるわけないじゃないですか」

「だから、通販事業をやる気はないの」あたしは言った。「その企画書では、そういうふうに読めるかもしれないけど、通販なんかできるマンパワーがないことはあたしが一番わかってます。できるはずがない。そうじゃなくて……」

ドアが開いた。入ってきたのは学だった。

「おはようございます」

学がひとつ頭を下げた。あたしの隣に座る。遅くなりました、と学が言った。十時ちょうどだった。この時間でもまだ早い出勤なのだろう。眠そうだ。

「何かもう仕事の話をしてた雰囲気だけど」

「今、ちょうど始まったところです」あたしは企画書のコピーを渡した。「これをみんなに読んでもらっていたんですけど」

そうなんだ、と言って学が企画書を斜め読みした。学は既にこの企画書を読んでいる。内容は頭の中に入っているはずだった。

「河本くん、何か不満そうな顔してるけど、どうしたの」

「これは地顔です」

河本くんが言った。そうかもしれないけど、と学が笑った。

「何か言いたいことあるんだろ?」

「通販事業をこの五人でやるなんて無理があるって……そう思ったんです」

「そりゃそうだ。商品を選んで、仕入れて、ウェブやマガジンで紹介して、実際に商品を売って、入金を確認してなんて、そんなことできるわけないよな、当然だよ」

「でしょ? だから、こんなのは無理だって……」

「いや、編集長が考えているのはそれじゃないんだ」ですよね、と学があたしの方を向いた。「編集長がやろうとしているのは、通販事業の中でも通販雑誌、平たく言えばカタログを作る部分だけなんだ。まあ、今までの通販カタログとはちょっと違って、ファッション誌としても通用するほどクオリティの高いカタログを作ろうということなんだろうけど」

「そうなんですかあ？」

早織があたしの顔を見た。そうなの、とあたしはうなずいた。それにしたって、と河本くんが言った。

「カタログ作りはいいですよ、だけど、そのためには商品が必要でしょう？　どこから引っ張ってくるんですか」

「それももう解決済みですよね、編集長」

学が言った。ええ、そうですね。とあたしはまたうなずいた。

「実は……長沼社長の紹介で、ドクターＤＪという通販会社の協力が得られることになってるの」

「ドクターＤＪ？」

河本くんが言った。知ってる、と早織が手を挙げた。

「あたし、知ってます。通販チャンネルによく出てきますよね」

「通販チャンネル？」

河本くんはすべてが初耳のようだった。ＣＳとかでやってるあれですよ、と早織が説明した。

「見たことありません？」

「ないなあ」

河本くんが首を振った。まあそうかもしれない。あたしは見たことあるけれども、男の人はなかなか見ないタイプの番組だ。

「それで、そのドクターＤＪってのは有名なの？」

「有名ですよ、洋服とか、カワイイんです。しかも安いの」

まあ、通販だからな、と河本くんがつぶやいた。バカにしないでください、と早織が言った。

「今じゃ通販って言っても物がいいんですよ。高品質でしかも安い。そして、品揃《しなぞろ》えが豊富。そういう会社しか生き残れないんです」

わかった、わかった、と学が手を叩いた。

「まあとにかく、ドクターＤＪが商品を提供してくれるし、販売なんかもやってくれる。おれたちがやるのはそのカタログを作ることだけだ。そう考えれば、決して不可能じゃないとわかるだろう」

「はあ……でも、ぼく、編集経験ないですよ」

「あたしも」

早織が言った。あたしだってそうなのだけれど、それを言ったらおしまいなので黙っていた。

「そりゃそうかもしれない。白沢さんも含め、みんなは編集経験がない。それは確かだ。だけど、だからこそ新しいものが生まれるかもしれない」

「新しいもの？」

「そうだ、編集者には編集者なりの常識ってものがある。経験が長いほど、その常識にとらわれがちだ、だけど、みんなは未経験だ。逆に言えばワクがないってことになる。先入観にとらわれず、新しいものを生み出せるチャンスなんだ」

学が言った。あたしは惚《ほ》れぼれとその姿を見ていた。やっぱり学は違う、学さえいれば何とかなるだろう。

「まあ、それはいいですけど」河本くんが言った。「ところで、そのミスターＤＪっていうのは、どんな商品を取り扱ってるんですか」

「いや……それは、おれも……よく知らないけど」

学がしどろもどろになった。ネットで、とあたしは言った。

「パソコンで調べてみたらどうですか？　ドクターＤＪはネット通販もやってるはずだから」

なるほど、と河本くんがマウスに手をやった。白沢さん以外あたしも含めて全員がパソコンを開いた。

ドクターＤＪのホームページはすぐにわかった。商品の販売というページがあり、そこへ行くとカタログになっていた。

「初めてちゃんと見たけど、けっこう、コンサバっぽいですね」早織が言った。「『MORE』っぽいっていうか、『With』っぽいっていうか……」

「いったいどんだけあるんだ」ページをスクロールしながら学が言った。「スカートだけでも数えきれないほどあるぞ」

確かにすごい量だった。全部見ていったらきりがないだろう。昨日、烏丸社長が言っていた言葉の意味がよくわかった。なるほど、これならカタログが欲しいはずだ。

「ウェブって便利ですけど、それって買うものが決まってる場合なんですね」早織がうなずいた。「ただ何の気なしに見るんなら、これじゃとても選べないです」

「だからカタログが必要なんだ」学が言った。「買う人に選びやすくしてあげるためのツールが必要なんだよ」

「なるほど」

河本くんが言った。そうなのよ、学。あたしが言いたかったのはそういうことなのよ。

「しかし、これじゃ実際のところはよくわからんな」学があたしの方を見た。「どうだろう、ドクターDJに行って、実際に商品を見せてもらうわけにはいかないかな」

「どういう……意味ですか」

あたしは言った。言葉通りの意味です、と学がうなずいた。

「編集長は昨日ドクターＤＪの社長と会ってるわけでしょ」

「烏丸社長」

「そう、烏丸社長。社長っていうぐらいだから、当然会社もあるわけだよね」

そりゃあるだろう。それに、烏丸社長は六本木ヒルズに会社を持っていると昨日言っていた。

「どっちにしろ、アイサツの必要はあるんだ。先方の意向も聞きたいし」

待ってよ学。そんなバリバリ話を進めないで。あたし、こんなことは慣れていないんだってば。

「名刺、持ってるんだろ？」

学が言った。あるけど、とあたしはポーチを開いた。

「電話してみろよ。今日でも明日でも会えないかって。会社にお伺いしてもよろしいでしょうかって」

あたしは他の三人を見た。三人とも、そうしてみたら、という顔になっていた。

ええい、こうなったらヤケだ。あたしは烏丸社長の名刺を引っ張り出して、そこに記されていた番号に電話をしてみた。

「はい、ドクターＤＪでございます」

ワンコールで相手が出た。明るいハキハキした女性の声だった。

「すいません、出版社の永美社と申します」

「永美社様。お電話ありがとうございます」

おそらくマニュアルがあるのだろう。ビジネス電話っぽい喋り方だった。

「高沢と申しますけど、烏丸社長はいらっしゃいますでしょうか」

「少々お待ちください」

保留音が鳴った。そんなに待たされることはなく、すぐに相手が出た。

「もしもし、烏丸です」

「すいません、突然電話して。あの、昨日お会いした永美社の高沢です」

「あら、高沢さん」いきなり声が柔らかくなった。「お疲れさま」

「お忙しいところすみません」

「いいのよ、全然。そういえば、昨日あれからそちらの社長にごちそうになっちゃって。今、お礼の手紙書いているところなの」

手紙。なるほど、社長になる人は偉いもんだなと思った。このインターネット時代、何でもメールで済ませる人が多い中、わざわざ手紙を書くというのはそうそうできることではない。烏丸社長はなるべくして社長になったのだろう。

「それで、どうしたの?」

「あのですね、突然なんですけど、ドクターＤＪの商品を見せていただきたくて、それで電話したんですけど」

「商品？　ああ、カタログに載せるあれね」

「そうなんです」

「ネットカタログは見てくれた？」

「はい、見ました。ですが、やっぱり生で商品を見ないと、ディテールがわからなくて。それと、社長の意向もお伺いしたいですし」

「そういうことね。はいはい、わかりました」

「あの、いつだったらお時間いただけますでしょうか。今週はいかがでしょう。何でしたら来週でも……」

「何のんびりしたこと言ってるのよ」烏丸社長が笑った。「今日はどうかしら？」

「今日？」

「ええと、あたしのスケジュールは……午後一時でどう？　こちらに来れば、サンプル品は揃ってるから」

「はあ」

「もし、もっと見たいんだったら埼玉の倉庫に行ってみる？　今週の金曜ならあたしも行くつもりだったから、一緒に行けばいいし」

埼玉？　倉庫？　何だか話がどんどん大きくなっていくので、あたしは怖くなっていた。倉庫はいいです、そのサンプル品だけでも見せていただければ……」

「とりあえず、そのサンプル品だけでも見せていただければ……」

「あらそう。じゃあ、一時でどうかしら。高沢さんのご都合は？」

一時、とあたしは指を一本立てた。みんながうなずいた。一時でけっこうです。とあたしは言った。

「住所はわかるわよね、地図いる？　メールしましょうか？」

とんでもない。さすがに六本木ヒルズの場所ぐらいはあたしだってわかる。では午後一時に伺います、と言ってあたしは電話を切った。学が手を叩いた。

「今、十時半か。ヒルズまで三十分もあればいけるだろう。余裕を見て、十二時過ぎに出ればいいんじゃないのかな」

「そうですね」河本くんがうなずいた。「じゃ、とりあえずそれまでは待ちということで」

「あたし、販売部にちょっと行ってきます」早織が言った。「引き継ぎのことで伝えることがあるのを忘れちゃってて……」

「よし、それじゃ十二時にここに集合だ。いいね」

学が言った。みんながうなずいた。もちろんあたしもだ。

何をするわけでもなく、あたしだけはパソコンのドクターＤＪの画面に目をやっていた。

5

午後一時。あたしたちは六本木ヒルズにいた。

ドクターＤＪはここの森《もり》タワー二十四階と二十五階のフロアを借りているという。厳重なセキュリティをくぐり抜けて、あたしたちはある一室の前に立った。ドアには小さな銅板にドクターＤＪと彫《ほ》られている表札があった。

あたしは時間を確かめてから、インターフォンのボタンを押した。もう話は通っているらしく、永美社から来ましたというとすぐにドアが開いた。

「いらっしゃいませ。ドクターＤＪへようこそ」

若い女の人が立っていた。スタイルのいい美人だった。

「あの、一時に予約している永美社の……」

「高沢さまですね。どうぞこちらへ。烏丸がおりますので」

あたしたちはフロアの中に足を踏み入れた。そこは百平米ほどの大きな部屋だった。二十人ほどの男女が忙しそうに働いている。

こちらです、と例の美人が案内してくれた。あたしたちは先に進んだ。

「あら、いらっしゃい」

いきなり声がした。前を見ると、烏丸社長が立っていた。今日は星柄のワンピース、肩から黒のショールをはおっている。

「突然ですいません」

あたしは頭を下げた。いいのよ、と烏丸社長が微笑んだ。

「ビジネスはスピードだから」

「なるほど」

わけのわからない会話を交わしながら、あたしは編集部員を紹介していった。名刺の交換会が始まった。

「白沢さん、加藤さん、河本さん、丸山さんね。わかりました。もう全員覚えましたよ」

テンションの高い烏丸社長がそう言った。どうも社長というのは変わり者が多いようだ。うちの長沼社長といい、この烏丸社長といい、普通ではあり得ないようなキャラクターの持ち主だった。

「あの……烏丸社長」早織がおずおずと口を開いた。「あの、ショップチャンネルの番組に、出演されてますよね」

「ええ」

「見たことあります。すごい。感激です」

「あら、いいこと言ってくれるのね」

烏丸社長が早織の手を握った。

「じゃあ、うちの商品を買ってくれたことあるの？」

「はい」

明らかにそれは嘘《うそ》だ。でも烏丸社長は上機嫌だった。

「まあ、とりあえず社内を案内しましょう。案内って言っても、フロアは二つしかないんだけど」

「このフロアでは何をしてるんですか」

学が聞いた。ここは営業全般、と烏丸社長が答えた。

「注文が入ってきたら、それに対応して商品を配送するためのフロアなの」

なるほど、と学がうなずいた。理解しているようには見えなかった。

「ショップチャンネルの電話はここで受けるんですか」

「コールセンターは別にあるの。船橋《ふなばし》にね」

なるほど、と学がうなずいた。やはり理解してるようには見えなかった。

「それでね、ついてきて」烏丸社長が歩き出した。「このひとつ上のフロアも借りてるのよ」

「すごいですねえ」

早織が言った。確かに、六本木ヒルズの部屋を二つも押さえてるところを見ると、ドクターDJの景気はいいようだった。

烏丸社長がフロアの外に出た。あたしたちもついていく。面倒だから階段で行きましょう。と烏丸社長が早足になった。

「ここを借りてるの」

ドアの前に立った。暗証番号を打ち込んでロックを解除する。

「ここが商品のサンプルルーム」

あたしたちの目の前に現れたのは巨大なラックの列だった。すべてに番号が振ってあり、整然と商品が並べられている。すごい、と早織が手を握った。

「これは……想像以上だな」学がつぶやいた。「ものすごい数ですね」

「過去に取り扱った商品から、今扱っている商品、すべてのサンプルがあるの。これでもごく一部よ」

烏丸社長が言った。何着ぐらいあるんですか、と河本くんが聞いた。

「さあ、どれぐらいあるかしら。千アイテムを超えているのは確かだと思うけど」

見てもいいですか、とあたしは聞いた。もちろん、と烏丸社長が答えた。あたしたちはそれぞれ通路を進んで、商品アイテムを見て回った。

「こりゃ大変だぞ」

隣に立っていた学がつぶやいた。本当にそうだ。これからどうなるのだろう。不安があたしの胸をよぎっていった。

Story 5　企画って何？　再び

1

　二時間ほどサンプルの洋服を見た。ほとんどが女性ものの衣類や靴、かばんやアクセサリーなどの小物だ。

　服のテイストや年齢層もさまざまだった。とんでもない量があり、全部見たとははっきり言って言えなかった。流して見ただけだ。

　もちろん、そのすべてが今販売されているわけではない。商品によっては三年ほど前のものもあるという。それでも、一応は見ておきたかった。

「ここにあるのは色も一色で、サイズもひとつしかないけど、実際にはいくつも展開しているのよ」

　烏丸社長が説明した。なるほど。あたしたちが作る通販カタログには、それも反映させていかなければならないということだ。

「メイド・イン・チャイナが多いですね」

服を見ながら学が言った。ええ、と烏丸社長がうなずいた。

「簡単に説明すると、こっちでそれぞれ季節ごとのコンセプトを考えて、それを元にデザインルームでデザイナーたちがオリジナルのデザインを作る。そしてそれを中国に送って、服を作るの。ドクターＤＪの商品は、ほとんどが自社デザインなの。デザインルームは青山《あおやま》にあるわ。今度連れてってあげる」

「大変ですねえ」

早織が感心したように言った。最初からそんな大掛かりなシステムだったのだろうか。あたしは烏丸社長のバイタリティに感じ入っていた。

「大変よ。社員は二百人いる。デザイナーや中国の工場、倉庫で働いている人たち、コールセンターに勤めている人たち、関連している人は千人以上よ。それぞれにお給料を払って、とにかく回していかなければならない。何のためにやってるのかわけがわかんなくなることもあるわ」

烏丸社長が笑った。男のような笑い方だった。

「でも、景気はいいみたいですね」

学が言った。おかげさまで、と烏丸社長がうなずいた。

「毎年約十パーセント以上売り上げは上がってるわ。一般の方にも認知されてきたみたいだし、最近は少し安心してるの」

「認知なんて」早織が叫んだ。「有名ですよ、ドクターDJ。誰でも知ってるんじゃないかな」

「まだまだよ。ショップチャンネルを見てる人以外はドクターDJのことを知らない。ネット販売は思ったより動かない。もっと若くて働いている層の女性たちにアピールしないと」

「だから、この通販の話に？」

あたしは聞いた。そうよ、と烏丸社長が答えた。

「通販カタログは前から作らなきゃいけないと思っていた。近い将来、洋服の販売はネット販売がその中心になるとあたしは思ってる。だけど、今はまだ過渡期なの。まだ一般の利用者は、ネットを見て商品を買うことに慣れていない。商品カタログが必要なの」

「なぜ、今まで手をつけなかったんですか」

「忙しすぎて、そこまで手が回らなかった」烏丸社長が苦笑した。「出版は全然詳《くわ》しくないの。あたしたちだけではできないわ。そんなことを考えてたら、おたくの社長から話があったの」

「そういう流れだったんですか」

「そうなの。まさに流れね。話を聞いているうちに、これがあたしの捜してたものだってピンときたのよ。そこから先は早かったわ。どんどん話が決まっていったの」

なるほど。そういうことなのか。烏丸社長が通販用のカタログ雑誌を欲しがっていたこと、そこに長沼社長が提案したという流れがあたしにもはっきり見えた。

「発売はいつの予定だったかしら」

烏丸社長が言った。ええと、とあたしは口を開いた。

「長沼によれば、十二月だということです」

「十二月ね。といっても、そんなに先の話じゃないわ」

「七、八、九、十、十一と五ヶ月ほどありますけど」

「そんなのすぐよ。あっという間だわ」

烏丸社長が指を鳴らした。そうなのだろう。あっという間のことに違いない。軽くめまいがして、あたしは目頭を押さえた。

「大体雰囲気はわかってもらえたかしら」

烏丸社長が言った。はあ、と頼りない返事があちこちでした。

「要するに、こんな商品を扱ってるわけ」

「すごいですね。全体を把握《はあく》してる方はどれぐらいいるんですか」

学が言った。あたしだけよ、と烏丸社長がうなずいた。

「あたしだけが全体像をわかってる。ここはそういう会社なの」

あら、もうこんな時間、と烏丸社長が腕時計を見た。あたしのおぼろげな記憶によれば、シャネルの時計だった。

「来客があるの。あとはまた今度でいい？」

いいも何も、あたしたちは言われた通りするしかない。失礼しますと言って部屋の外に出た。最後に出てきた烏丸社長がドアの鍵を閉めた。

「それじゃあ、またね。何かわからないことがあったらすぐに電話して。全面協力するから」

お疲れさま、と言い残して烏丸社長が階段を二段飛ばしで降りていった。あたしたちは何も言わず、エレベーターホールに向かった。

2

気がつけば、森タワーの外にいた。お茶でも飲んでいこう、と学が言った。

一も二もなく、みんなが賛成した。あたしたちは疲れきっていた。烏丸社長とドクターDJの持つパワーに、みんなが圧倒されていた。

喫茶店はすぐ見つかった。学がどうしても煙草を吸いたいというので、あたしたちは喫煙席に場所を取った。

あたしはアイスミルクティーを、白沢さんはホットのミルクティーを、そして残りの三人はアイスコーヒーを頼んだ。飲み物がくるまで、あたしたちは無言だった。

「あの社長すごいな」

アイスコーヒーを飲みながら学がくわえた煙草に火をつけた。同感です、と河本くんがうなずいた。

「すごすぎますね」

「会社もすごかったです」早織が言った。「何ていうか、いかにも会社って感じで……ウチとは大違い」

「勢いのある会社って違うよなあ」学が煙を吐いた。「いやいや、こりゃなかなか厄介《やっかい》だぞ」

そうねえ、とあたしはアイスティーにガムシロップを入れた。白沢さんはただにこにこしている。

「とりあえず服は見たけど……どうする?」

学が言った。それはあたしが聞きたい質問だった。

「あの中から服を選んで、コーディネートして、撮影して、カタログにする。そういうことになるんだろうな」

学が自分の質問に答えた。

「そんなこと、できませんよ」河本くんが唇を尖《とが》らせた。「ぼくは素人なんですよ。どうやってやれっていうんですか」

「それを言っちゃあおしまいだよ。どうやって雑誌を編集していくか、それをみんなで考えなければならないんじゃないのかな」

「そりゃ……そうですけど。加藤さんには何かアイデアはあるんですか？」

「ノーアイデアだけど、やらなければならないことはわかってる」

「何すか」

「スタッフ集めだよ」学が微笑した。「スタイリスト、カメラマン、デザイナー、ヘアメイク、そんなスタッフが必要なんだ」

なるほど、と早織がメモ帳を取り出した。なかなかいい心掛けだ。

「まずは服を選んで、コーディネートしなければならない。それは河本くんでもわかるよな」

「わかります」

「そのためにはスタイリストが必要だ。みんなはおれが編集経験があるというけれど、女性誌の編集なんてしたことはない。その意味ではみんなと同じ立場だ。それでも、スタイリストが必要になってくることはちょっと考えればわかることだ」

「なるほど……撮影するカメラマンも当然必要というわけですね」

河本くんが言った。そうそう、と学は手を叩いた。

「当然、服を着せるモデルも必要になってくるでしょうね」

早織がメモを見ながら言った。そうそう、とまた学が手を叩いた。あたしはその会話をただ聞いていた。

「だからそういうスタッフ捜しが必要になってくるわけだ」

「確かに……でも、どうやって?」

河本くんが学を見つめた。そりゃわからん、と学が笑った。

「さっきも言ったろ。おれはファッション系の雑誌の編集部にいたことがない、だから、その意味ではみんなと同じなんだ。まあ、当てがないこともないから、聞いてみたらどうかな」

「聞くって誰に?」

ようやくあたしは言った。社の仲間だよ、と学が答えた。

「同期や先輩後輩がいるだろ、永美社に。女性誌あれだけ出してるんだ。スタイリストの一人や二人当然知ってるだろ、そいつらに聞くんだよ」

なるほど。おっしゃる通りだ。さすがは学。

「スタッフ集めるのはいいですけど、企画はどうするんですか?」河本くんが鋭い目つきで言った。「通販カタログっぽくない、オシャレな雑誌を目指すんですよね、編集長」

編集長。あたしのことだ。はい、そうです、と反射的に答えた。

「企画がわかんなかったら、どんな人を捜せばいいのかもわからないじゃないですか」

「まあ待てよ。そんなに焦るなって」学が煙草を消した。「編集長にも考えはあるって。ねえ、そうですよね」

学があたしを見た。そうですよねと言われても、ノーアイデアなんですけど。

「それはそれで編集長から指示があるから。今日はドクターＤＪで服を見たということで、いいんじゃないのかな」

「……ま、そうかもしんないですけど」

河本くんが不満そうに言った。とにかく、明日だよ、と学がつぶやいた。

明日。いったい学は何を考えているのだろう。

「これからどうしますか」

突然白沢さんが口を開いた。あたしは時計を見た。四時を回っていた。

「とりあえず会社に戻って……」

「そうですな。わたしも社に戻りたい。五時に来客があるんです」

白沢さんが言った。そうならそうと早く言ってほしい。

「じゃ、戻りましょうか」学が伝票を取り上げた。「ここは打ち合わせということで、ぼくが払っておきますから」

さっさとレジに向かった。いいのだろうか、社員だけだったのに。でも仕方ない。それが編集の流儀というものなのだろう。あたしたちはそれぞれに立ち上がって、出口に向かった。

3

社に戻ると、白沢さんはいなくなった。客と会ってきますので、というのが最後の言葉だった。

あたしたち四人は何となく地下の新雑誌編集部に入っていった。とはいえ、これといってやることはない。ただ時計とにらめっこをするだけだった。

五時半になった。河本くんが立ち上がり、それじゃ帰ります、と言った。彼は五時半以降、一切仕事をする気はないようだった。

「あ、じゃああたしも帰りますう」

早織が言った。止めようがなかった。あっという間に二人は帰り、あたしと学だけが取り残された。

「……みんないなくなっちゃったね」

あたしはつぶやいた。そうだねえ、と学がうなずいた。

「どう思った？　ドクターＤＪは」

「どうって言われても……圧倒された」

「そうだな。おれも、あんなにでかい会社だとは思ってなかった。しょせん通販会社だと思ってたけど、認識を改めたよ」

「ねえ学……さっきはあんなこと言ってたけど」

「あんなことって？」

「企画のこと。何かあたしにも考えがあるんだからとかそんなこと言ってたけど、あたし全然ノープランだよ」

わかってる、と学が肩をすくめた。

「だけど、ノープランだってあそこで言ったらマズイだろう」

「そりゃそうかもしんないけど……」

「何とかなるって。考えてみようぜ」

「企画を？」

「そう、企画」

学が微笑んだ。そんなことじゃごまかされない。いったいどうしろっていうのよ。

「学は何かあるわけ？」

「何かって?」

「企画についてよ」

「あるわけないだろ。おれは男だぜ。自慢じゃないけど女性ファッション誌なんて読んだこともない。世の中で何が流行っているのかも知らない。ごく一般的な、普通の男なんだ」

「うん、知ってる」

学が笑った。あたしもつられて笑ってしまった。

「笑い事じゃないんだけどね。まあとにかく、そんな男がいちから企画を考えようっていうんだから、これは大変だぞ」

「考えられる?」

「考えるしかないだろう」

「どうやって?」

「大丈夫だって。安心しろよ。おれに任せとけって」

学が胸を張った。とても任せられるとは思えなかった。

「いいから、お前は先に帰ってろ。おれもすぐ行く」

「うちで考えるってこと?」

「うん。ここじゃ何だか落ち着かない」

「帰って何をしてればいいの？」

あたしはパニックになりかけていた。落ち着け、と学があたしの背に手を回した。

「飯でも作って待っててくれ」

「うん……わかった。何がいい？」

「そんなの任せるよ」

学が立ち上がった。待ってよ、学。どこ行くの？

「取材って？」

「取材だ」

「いいから。先に帰ってろ」

学がカバンを持って部屋の外へと出ていった。一人取り残されたあたしはどうしようもなく、その場に残った。

(取材って、何をするつもりなんだろう)

パソコンを開いて、ドクターDJのホームページをクリックする。洋服のカタログが画面に映し出された。

(すごい数)

この洋服をどう選んで、どういうコーディネートをして、どう誌面に反映させていけばいいのだろう。あたしにはさっぱりわからなかった。

4

いつまでも会社にいても仕方がないのはわかっていたので、学に言われた通り帰ることにした。山手線を有楽町から乗り、原宿で降りる。いつも通りのことだった。

ただ、いつもと違うのは、胸に残る不安感だった。学は何をしているのだろう。企画なんてそんなに簡単に思いつくものなのだろうか。

家へ帰る途中、近所のスーパーに立ち寄った。今日の昼は何を食べたっけ。そうだ、コンビニで買ったサンドイッチだ。

ここ最近幸子先輩たちとランチもしていない。なんだか悲しくなってきた。さて、夜はどうしよう。

あれこれ考えてみたけれど、これといって何にするという当てはなかった。こんな時はいつもの焼きうどんだ。あたしはうどんの麺とキャベツやその他の野菜、そして豚肉を買って家に帰った。

スーツを脱いで部屋着に着替えてから、買ってきた食材を冷蔵庫にしまった。一緒に買ってきたジャスミンティーをペットボトルのままひと口飲むと、少し気持ちが落ち着いた。

学は帰ってくるのだろうか。あたしは時計を見た。午後七時を回ったところだった。

（学）

「学」

口に出してつぶやいてみた。電話をしてみようか。せめてラインをしてみようか。

でも、邪魔をしてはいけないと思った。学はおそらく永美社の他の編集部へ行き、どんな企画にすればいいのかを聞いて回っているのだろう。

あたしのために、下げたくもない頭を下げて、いろいろ質問とかしてくれているはずだ。あたしは何もできない。ただ待っているだけだ。

テレビをつけた。よくわからないバラエティ番組をやっている。クイズなのだろうか。

自分の分の焼きうどんを作ろうかと思ったけれど、学が頑張っているのにそれどころではないだろうと思って止めた。それに、不思議とおなかは空《す》いてなかった。

そんなふうにテレビを見ながら考えていたら、いつの間にか居眠りをしていた。本格的に寝てたわけではない。イスに座ったまま、テーブルに突っ伏して寝ていたのだ。

インターフォンが鳴って、飛び起きた。反射的にスマホで時間を確認した。九時。

あたしは玄関に向かった。ドアの小さな窓から外をのぞくと、学が立っていた。何をしているのだろう。鍵は持ってるはずなのだから、さっさと入ってくればいいのに。

とりあえず鍵を開けてドアを開いた。学が倒れ込むようにして中に入ってきた。

「どうしたのよ、いったい」

「重い」

よく見ると、学は両手にビニール袋を抱えていた。

「何なの、それ」

「女性誌」学が答えた。「有楽町の三省堂《さんせいどう》で、とにかく手当たり次第買ってきた」

キッチンのテーブルにビニール袋の中味を開いた。十数冊の女性ファッション誌がそこにあった。

「何でこんなに重いんだ。辞書みたいじゃないか」

「女性誌って重いのよ」あたしは一番上にあった『ＪＪ』を取り上げた。「そういうものなの」

「ああ、指が痛い」学が手を振った。「重かった」

「言ってくれれば駅まで迎えに行ったのに」

思いつかなかった、と学がイスに座り込んだ。

「ああ、腹が減った。メシは？」

「材料は買ってきてあるから、すぐにできるけど」

「メシ、何？」

「焼きうどん」

いいねえ、と学が指を鳴らした。

「食いたかったんだよ、久美子の焼きうどん」

「別にそんな特別なものじゃないけど」

「いんだよ。おれはお前の作るものが好きなんだ」

学の長所は、あたしの作ったものを美味しそうに食べてくれるところだ。何を作っても美味しい美味しいと言ってくれる。作りがいのある人だった。

「お前は食ったの？」

「まだ食べてない」

「じゃあまずはメシだな。作ってくれよ」

わかった、と冷蔵庫を開けた。水ある？　と学が言った。あたしはグラスにいっぱいのミネラルウォーターを注《つ》いで学の前に置いた。

「美味しいね、水が」

「ビールもあるけど」

「だめだビールは。これから仕事なんだからな」

学は酒が好きなわりに弱い。缶ビール一本で酔っ払ってしまうことはわかっていたので、あたしもあえて勧《すす》めなかった。

フライパンに油を引き、具材を入れていった。十分もたたずに、二人分の焼きうどんができ上がった。その間、学は鼻歌を歌いながら、ファッション誌のページをめくっていた。

「何かわかった?」

「ざっと聞いてきた」学がうなずいた。「結論から言うと、正解はない」

「何それ。どういう意味?」

皿を並べながら聞いた。学が箸《はし》を取った。

「つまりね、うちの会社のファッション誌編集部には、その編集部なりのポリシーというかコンセプトがある。誰に向けたどんなテーマの雑誌かということだと思う」

「うん」

「ところが、カタログ雑誌には、コンセプトが不要だ。ターゲットにする年齢層こそ、二十代後半から三十代の女性と決まっているけどね」

「コンセプトが不要?」

「不要っていうとちょっと違うか。要は、商品がメインってことだな。それ以上でも以下でもない」

確かにそうだろう。カタログというのは早い話が商品を見せる場だ。

今回の場合、洋服を見せる場ということになる。そこにあるのは商品そのものがコンセプトとでも言うべきものだった。

「でも、長沼社長があたしの企画を採用したのは、今までにないファッション誌的な要素のあるカタログ誌っていうところだよ」

そこが問題だ、と学が顔をしかめた。

「カタログ性の中にファッション性を出していくのは難しいんだ」

かもしれない。ニッセンのカタログにしても、ディノスのカタログにしても、そこには独特な何かがある。通販臭と言ってしまうと大げさかもしれないけれど、そんな感じの何かだ。

カタログ誌は商品を売るためのツールだ。そのためには、商品を見やすく誌面に載せたり、サイズなどの情報も細かく知らせる必要がある。ファッション性は二の次となり、その犠牲となってしまう。

「そういうことだからさ、既存のファッション誌編集部にいくら聞いても正解はないのさ」

「なるほど」

わかったようなわからないような話だった。では、何をどうしたらいいというのだろう。

「それを今から研究するのさ」

学が積まれていたファッション誌に目をやった。

「全部見るの？」

ファッション誌は分厚くてページ数も多い。読者は、大袈裟《おおげさ》に言えば、ひと月かけてその内容を読む。そういうものなのだ。学はそれをわかってるのだろうか。

「いや、そりゃ読めないよ」

あっさり学が言った。

「じゃ、どうするの？」

「ざっと目を通して、ヒントをもらうというか」

「そんな簡単なものじゃないと思うけど」

「わかってるよ。ああうまかった。ごちそうさん」

学が箸を置いた。あたしはといえば、まだ半分も食べ切れていなかった。学が雑誌をまとめて両腕に持った。

「あっちの部屋、使うよ」

学が言ったのはベッドがあるメインの部屋だ。そちらの方が当然キッチンよりは広いので、使い勝手もいいだろう。パソコンも置いてあるので、何かを検索する時は便利なはずだった。

「あたしは何をすればいいの？」

「ま、とりあえずは見てなさい」

急に学が父親のように言った。時々学はそういう言葉遣いをすることがある。

「そりゃ、見てるけど」

「食べてからでいいよ」

学が向こうの部屋に入っていった。あたしは、はあ、とため息をついた。

5

学は雑誌をぱらぱらとめくっていく。目次の辺りで手が止まる。それから本文を読んでいく。気になったページは折っていく。もっと気になったページは、大胆にもびりびりと破ってまとめる。そんな作業を繰り返していた。

あたし。あたしは何をしていたのだろう。お湯を沸かしてインスタントのコーヒーをいれた。学が読み終えた雑誌を順に重ねていった。それぐらいだ。何もやるべきことはなかった。

まったくなかったわけではない。はっきり言って、女性誌の読み方はあたしの方が学より慣れている。

どこがポイントなのか、何度か横から口出ししたのだけれど、いいからお前は先に風呂でも入ってなさいとか言われるのがオチだった。

あたしももう二十七歳だ。いかに編集経験がないとはいえ、この企画を立てたのはあたしだ。あたしにも何か言う権利ぐらいあるだろう。

そう思っていたのだけれど、学は違うようだった。シロウトが意見を言うとやりにくい、と何度も言われた。

「そりゃ素人だけど」

「わかってんならゴチャゴチャ言うなよ」

「でも、女性誌にはあたしの方が詳しいと思うんだけどな」

「そういう問題じゃないんだ」

ではどういう問題なのかというと、その辺は学もアイマイで、適当なことを言ってごまかしてしまう。それが何時間も続いた。十二時を回った頃、あたしは完全に眠くなっていた。

「久美子、先に寝てろよ」

学が言った。そういうわけにはいかない。全部学にやらせて、あたしだけのうのうとベッドに横になるなんて、考えられもしなかった。

ああ、だけど、眠い。あたしはあんまり徹夜とかしたことはないのだ。

学は違った。夜が深くなるにつれ、元気になっていくようだった。

「学は眠くないの？」

「あんまり」

雑誌のページに目を走らせながら学が答えた。すごいね、とあたしは感心した。

「徹夜には慣れてる」

そうかもしれない。事務系のあたしと編集者の学とでは、もともとライフスタイルが違うのだ。よく三年もつきあってこれたものだと思った。

「コーヒー、飲む？」

「ああ」

あたしは立ち上がってキッチンに向かった。やかんに水を入れ、ガス台に置いた。

「何時までかかりそう？」

「全然わからん。夜明けぐらいじゃないかな」

夜明け。あたしはちょっと呆然とした。今、夜中の十二時だ。夜明けって、あと五、六時間もあるじゃないの。

「だから、お前はもう寝てていいから」

「そんなわけにいかないよ。学ばっかり働かせて、あたしだけ寝るなんて考えられない」

「だけど、何もすることないぜ」

「そんなことないって。女子目線から意見言うって」

「いらないよ」

お湯が沸いた。あたしはカップにインスタントコーヒーを入れて、上からお湯を注いだ。

それにしても、あたしの意見なんていらないとはどういうことだろう。この企画はあたしの企画なのだ。ああ、でも、あたしが何もわからないのは、それもまた事実なのだけれど。

それからの数時間、あたしは寝たり起きたりを繰り返していた。基本的には起きてるのだけれど、ちょっと気を許すとつい寝てしまう。

最後は、ごめんね学、と何度も言っていたように思う。寝ちゃってゴメン、という意味だ。

気がつくと、朝の七時になっていた。ベッドで横になっていたあたしの横に、学がごそごそと入ってきた。

「え？　学？　どうしたの？」

「終わった」学のくぐもった声が聞こえた。「今、会社のお前のパソコンにメールしたところだ」

「お疲れさま」

あたしは学をぎゅっと抱きしめた。寝かせてくれ、と学が言った。

「昨日だってろくに寝てないんだ。いくらおれでも二日続きの徹夜はこたえる」

「わかったわかった」

学が深いため息をついた。でも、とあたしは思った。

どっちにしてもいつもなら起きている時間だ。会社に行く用意をしなくてはならない。

ベッドからゆっくり起き出し、学に毛布をかけ直した。そのまま忍び足で、洗面台に向かう。顔を洗わなければ。

「おい」

学の声がした。はい、とあたしは返事をした。

「何をやってる」

「とりあえず顔を洗って……会社に行く準備しないと」

「ふざけんな」枕が飛んできた。「もうお前は経理じゃない。編集者なんだぞ」

「そりゃそうだけど……」

「徹夜のあとは寝るんだ。お前も寝ろ」

「だって、あたしは徹夜してないし」

「理屈はいいから、さっさと寝ろ。十時になったら起こせ」

「……はい」

あたしはベッドに戻った。こんなことでいいのだろうか。よくわからない。

とりあえず、あと一時間だけ寝よう。その後のことは起きてから考えよう。あたしは横になった。

6

結局あたしは学を置いて十時半に出社した。少しは寝たものの、生活のリズムが狂ったのでひどく眠い。新雑誌編集部のドアを開くと、白沢さん、河本くん、早織の三人が手持ちぶさたそうにしていた。

「ごめんなさい。遅くなりました」

あたしは頭を下げてから席に着いた。いいんですけど、と河本くんが不機嫌そうな声で言った。

「だいたいこの部署は、何時が出社時間なんですか」

「それは……その、今ぐらいかなあと」

「加藤さんはいつも遅いし、編集長もこれじゃ、どうにもなりませんよ。ルールを決めてください」

ルール。確かにそうだ。何時だったらいいと思う？　と逆にあたしは聞いた。

「編集部はだいたい十一時出社って聞いてますけど」

「遅ければ遅いほどいいなあ。なーんて」

早織が笑った。ここは会社だっつーの。遊びに来てるんじゃないんだってば。

「じゃあ、十一時出社にしましょう」あたしは言った。「明日からそういうことで、ね」

三人がうなずいた。白沢さんが読んでいた新聞を置いて立ち上がった。よく見ると、それは英字新聞だった。

あたしはパソコンを開いた。メール。企画書、というタイトルのそれが一番上にあった。学があたしの家から送ったメールだ。

ファイルを開くと、細かい文字で企画書が書かれていた。どうしよう。でも、他にやることがない。

あたしはそのファイルをプリントアウトすることにした。接続されているコピー機がいきなり大きな音を立てた。

「遅くなっちゃってゴメンなさい。でも、理由があるの」

「理由？」

早織が爪にネイルを塗《ぬ》りながら言った。あんたはいいわ、気楽で。

「ちょっと待って……企画を考えてたの」

企画、と河本くんが言った。あたしはコピー機のところへ行って、プリントアウトされた人数分の紙を取り上げた。

「これよ」

あたしは三人にプリントアウトした紙を配った。一枚目の上のところに『新雑誌通販カタログ☆企画書』という一行があった。

「これを考えてたら徹夜になっちゃって……それで遅くなってしまったの」

三人がうなずいた。そのまま視線を紙に落とす。みんな黙ったまま学の作った企画書を読んでいた。

「『今すぐ欲しい本命コート〝使える〟ランキング』って、いい感じですね」

早織が言った。早織はファッション誌を読み込んでいる世代だ。彼女のオッケーが出たということは、学の狙いもそれほど外れていないということなのだろう。よかった。

「『年末年始の着回し30DAYSコーディネート』っていうのも役に立ちそう」

ですよね、と早織が白沢さんと河本くんに同意を求めた。わかっているのかいないのか、二人が意味不明な声を上げげた。

「そういえば、表紙モデルは誰にするんですか」

まだそんなところまで、話は至っていない。あたしが首を振ると、だったら、と河本くんがいきなり立ち上がった。

「表紙のモデルはですね、倉沢梨恵《くらさわりえ》がいいと思います」

倉沢梨恵？　それって、もしかして元KABの？

「はい。りえぴょんなら絶対だと思います」

まさか。もしかして、河本くんって、いわゆるオタク？

「待ってよ。そりゃ人気があるのは知ってるわ。だけど、それは男の子人気で、女性からの支持は……」

「そんなことないですよ、女の子からも人気はあります」

「でも、これはカタログとはいえファッション誌なのよ。しかも二十代後半から三十代向けの」

ゴホン、と白沢さんが空咳《からぜき》をした。

「よろしいですか、編集長」

「……はい」

何を言い出すのだろう、このオヤジは。

「……わたしも倉沢梨恵は知っています」

「……はい」

「有名ですな、彼女は」

「……はい」

それだけです、と白沢さんが言った。何なのよ、何が言いたいのよ。

「えー、ＫＡＢですかあ」早織が口を尖らせた。「違うと思います」

そうよ、早織。言ってやって言ってやって。ファッション誌の表紙モデルはそういうもんじゃないって言ってやりなさい。

「あたしだったらKCSガールズの子だと思うんだけどなあ」

あたしは頭を抱えた。KCSガールズって。そうじゃないだろうに。

「KCSガールズはあ、全員カワイイし、イケてると思いますぅ」

違うって。いや、もしかしたらファッション誌の表紙モデルはありかも知れないけど、少なくともあたしたちの雑誌のモデルじゃないってば。

ああ、誰か何とかして。学、早く来て。そしてこの勘違い連中にひと言言ってやって。

でもどうしよう。学まで倉沢梨恵がいいとか言い出したら。

どうにもならなくなってしまう。あたしにはみんなをまとめていく自信がない。誰か、誰か助けてください。

Story 6　スタッフって何？

1

静かに、とあたしは言った。よほどその声に迫力があったのだろう。河本くんと早織が同時に口を閉じた。

「静かにしてください。盛り上がるのはいいけど、見当違いの方向で盛り上がるのはちょっと……」

あたしは低い声で言った。そうすかね、と河本くんがつぶやいた。

「人気のある人を表紙モデルにするっていう方向性は、間違っていないと思うんですけど」

「それはその通りよ。だけど、人気があるなら、誰でもいいってわけじゃない。読者の年齢層にあった人を選ばないと」

編集の素人かもしれないけど、そのくらいはわかる。

「読者の年齢層?」

「そう。あたしはこの手の雑誌のメインターゲットは二十代後半から三十代ぐらいだと思っている。それが間違ってるとは思わないわ」

「KCSガールズは二十代の女性からも人気があると思います」

早織が口を尖《とが》らせた。黙ってなさいよ、あんたは。

「じゃあ三十代は? 大人の女性に支持されている人を表紙モデルにしなきゃいけないのよ」

「でも、みんなやってますよ」

早織が立ち上がって、下手なヒップホップダンスを踊り始めた。あたしはあえてそれを無視した。

空気が違うと感じたのだろう。早織がダンスを止めて自分の席に戻った。

「二十代からはあこがれを」あたしは口を開いた。「三十代からは共感を得られる、そんなモデルを捜さなきゃ」

勢いで口を開いてしまったけど、だんだん心臓がドキドキしてきた。あたし、間違ってないよね?

「そんな人いますかねえ」

河本くんが首をひねった。例えば誰ですか、と早織があたしの方を向いた。

「だから、それを捜さなきゃって言ってるのよ」

「難しいっすよね」

誰かいますか、と河本くんが白沢さんの方を向いた。さあ、と白沢さんが首をかしげた。聞く人を間違えていると思う。

「編集長には誰か心当たりはあるんですかあ？」

早織が言った。心当たり。実はなかった。でも、そんなこととても言える雰囲気ではなかった。

「……長谷部《はせべ》レイなんかどうかな」あたしは言ってみた。「女子人気もあるし、名前も売れてるし」

長谷部レイは元ＣａｎＣａｍの専属モデルで、今はフリーになっている。タレントとしてもよくバラエティ番組に出ていた。

いい考えだと思ったのだけれど、河本くんが露骨に不満そうな顔をしたので、あたしは案を引っ込めた。さて、どうしよう。

「考えましょう。みんなで考えれば、いい知恵も浮かぶって」

誰だろう、と河本くんが腕を組んだ。誰が適任なのか、考えれば考えるほどわからなくなってきた。

その時、ドアが開いた。入ってきたのは学だった。あたしは反射的に時計を見た。十一時を少し回っているところだった。

「みんな、早いよね」学が自分の席に座った。「編集者なんだから、九時半に来る必要はないんだよ」

「明日から十一時出社としたんです」あたしは言った。「編集は、よその部署もみんなそんなものだから」

「服装はどうするんですか」

早織がつぶやいた。自由よ、とあたしは言った。

「何を話し合っていたんですか」

学が聞いた。わかってるくせに、白々しい。

あたしはプリントアウトしていた企画書を学に渡した。ほお、とか何とか言いながら学が視線を走らせた。

本来、これは学が作った企画書なのだ。学自身がその内容を一番よくわかっている。にもかかわらず、初めて読むような目をしていた。

「……いいじゃないですか、編集長」

学が言った。ここはお芝居《しばい》につきあわざるを得ない。そうですか、とあたしはうなずいた。

「おもしろいですよ。巻頭の『発表！　今すぐ欲しい本命コート〝使える〟ランキング』なんて、季節的にもぴったりじゃないですか」

「だといいんですけど」

「それで『ネイルカラーコレクション』が入って……このネイルっていうのは、もちろんドクターＤＪが発売しているネイルを使うわけですよね」

「はい」

ドクターＤＪが扱っている商品は洋服だけではない。ファッションに関連するものならば何でも売っていた。それはこの前ドクターＤＪの本社に見学に行った時にわかったことだった。

「『年末年始の着回し30ＤＡＹＳコーディネート』なんていうのもねえ、今の世の中にぴったりじゃないですか」

「まあ、そんなことを考えているんです」

「いやあ、いいなあ。よくできてますよ」

学が感心したというようにうなずいた。いいえ、どういたしまして。そのままそっくりあなたにお返しします。

「それで、コートの特集ってどんな感じなんですか」

早織が聞いてきた。どんなふうと言われても困る。あたしは学の方を見た。

「つまりこれはあれですよね、編集長。この冬に欲しいコートを種類別で紹介していくような、そんなページですよね」

「ええ、まあ」

あたしはうなずいた。くどいようだが、この企画書を作ったのはあたしではない。学だ。学の方がよくわかってるのは当然の話だった。

「例えばさ」学が言った。「事前にアンケートを取るんだよ。百人でも二百人でもいい。銀座とか丸の内の街に立って、コートの写真を見せるんだ。それで、ベストファイブに入ったコートを紹介していけばいい」

「そのアンケートはガチでやるんですか?」

河本くんが聞いた。当然、ガチだ、と学が言った。

「ガチでやらなきゃ。意味がない、ですよね、編集長」

「ええと、そうですね」あたしは答えた。「どうせだったら、実際にやってみた方が面白いかもしれない」

「えー、そんなの恥ずかしいです」

早織が顔を手で押さえた。やるのよ、とあたしは言った。

「百人アンケートだとして、ここには五人いるのよ。一人が二十人に聞けば済む話だし、そんなに大変だとは思えない」

本当はあたしだって心配だけど、だんだん腹がすわってきた。

「わたしも……やるのですか」

白沢さんが言った。ちょっと手が震えていて、かわいそうだったけれど、この際仕方がない。白沢さんにも協力してもらわないと。

「みんな一緒ですよ」

あたしは言った。白沢さんがうつむいた。何となくイジめてるような気がして、申し訳なかった。

こんなふうにして学が順番に企画の説明をしていった。あたしがやったことといえば、そうです、とか、その通りですとか、そういうことだけだった。みんなが納得していたのかどうかわからない。

とにかく、内容のプレゼンが終わった。あたしの背中は汗びっしょりだった。

「それで、結局表紙モデルは誰にするんですか」

河本くんが言った。またその話か。

「やっぱり……倉沢梨恵じゃないですかね」

「そんなの違うと思います。ＫＣＳガールズだと思うけどなあ」

早織が言った。まあまあ、と学が手を振った。

「まだ、そんなところ決めるのは早すぎると思うけどどな。それより内容をもっと深く考える方が先だよ」

「誌名はどうなるんですか」

河本くんが突然思いついたように言った。誌名。そんなことまで考えてる余裕はなかった。

だいたい、永美社の雑誌の誌名は社長からのトップダウンで決められることが多いのはあたしも聞いてよくわかっていた。今回もおそらくそうなるだろうとぼんやり思っていた。

「誌名が決まらないと、何というか……ピシッとしないんですよね」

河本くんのおっしゃる通りで、あたしも誌名は早く決めてほしかった。何というか、そこからすべてが始まる気がする。

「社長と相談します」

あたしは言った。早めにお願いしますね、と河本くんがうなずいた。どちらにしても企画自体の確認を長沼社長とドクターＤＪの烏丸社長から取らねばならない。両社長と話すのは絶対に必要だった。

「とにかくさ」学が口を開いた。「みんな撮影の段取りとかよくわかんないんだろ?」

わからない、とあたしも含めて四人が首を振った。

「だからさ、一回企画のひとつを実際にやってみたらどうかと思うんだ」

「やってみる?」

「うん。例えば、『年末年始の着回し30DAYSコーディネート』なんかどうかな。一番大変そうだし、みんなの勉強にもなるんじゃないかと」

「じゃあ、カメラマンとか必要になりますよね」

河本くんが言った。デザイナーやスタイリストもだ、と学が言った。

「どうやってスタッフ集めるんですか」

早織が聞いた。この間も言ったけど、一応心当たりがある、と学がうなずいた。

「ちょっと時間をくれないか。当たってみるから」

「加藤さんがそう言うんなら……」早織が言った。「待ってみます」

「そうね。加藤さんはこの中で唯一編集経験があるわけだから、加藤さんにお願いしましょう」

あたしは言った。学が深々とうなずいた。

「最高のスタッフ連れてきますから」

だったらいいのだけど。あたしは不安だった。なぜかわからないけど、ネガティブになっていた。

2

通販カタログ　台割＋企画内容

【雑誌名】未定
【価格】未定
【発売号】１月号（12月売り）
【ページ数】１３２Ｐ（本文１２８Ｐ＋表紙４Ｐ）
【判型】Ａ４判
【企画内容】
○表紙（Ｐ１）１Ｐ
○広告（Ｐ２～Ｐ３）見開き２Ｐ
○表紙モデルインタビュー（Ｐ４～Ｐ８）５Ｐ
○目次（Ｐ９）１Ｐ
○発表！　今すぐ欲しい本命コート〝使える〟ランキング（Ｐ10～Ｐ19）10Ｐ
○ネイルカラーコレクション（Ｐ20～Ｐ21）２Ｐ
○年末年始の着回し30ＤＡＹＳコーディネート（Ｐ22～Ｐ31）10Ｐ

○広告（Ｐ32）　１Ｐ
○リッチに見せる！　最強冬小物リスト（Ｐ33～37）　５Ｐ
○広告（Ｐ38）　１Ｐ
○オールアイテム¥8000以下〝安かわ〟パーフェクトstyle（Ｐ39～Ｐ45）　７Ｐ
○彼におねだり！　クリスマスプレゼントに欲しいジュエリー（Ｐ46～Ｐ49）　４Ｐ
○胸の形をきれいに見せる！　最新美胸ブラ図鑑（Ｐ50～Ｐ54）　５Ｐ
○広告（Ｐ55）　１Ｐ
○二足でも三足でも欲しくなっちゃう⁉　今冬絶対買いのブーツ50（Ｐ56～61）　６Ｐ
○気になるアイツの気をひく！　イベントコーディネートguide（Ｐ62～Ｐ71）　10Ｐ
○タイツ、レギンス、レッグウォーマー……冬は足元おしゃれで差をつける（Ｐ72～75）　４Ｐ
○これだけはMUSTバイ！　今冬必須アイテムベスト５（Ｐ76～Ｐ82）　７Ｐ
○今、注目の男の子インタビュー（Ｐ83）　１Ｐ
○圧倒的な存在感！　冬の注目BAG特集（Ｐ84～Ｐ88）　５Ｐ
○XSから３LLサイズまで取り揃えています！　大きいさんと小さいさん同じアイテムで着こなし対決！（Ｐ89～Ｐ96）　８Ｐ
○広告（Ｐ97）　１Ｐ

○コスメ紹介ページ（Ｐ98～Ｐ99）２Ｐ
○大人カジュアルカンナvs愛されフェミニンアヤ（Ｐ１００～Ｐ１０５）６Ｐ
○冬のニット　細見せコンビネーション（Ｐ１０６～Ｐ１１１）６Ｐ
○スタイリストＮＡＭＩが提案する60年代風Ｗｉｎｔｅｒファッション（Ｐ１１２～Ｐ１１７）６Ｐ
○アウトレットコーナー（Ｐ１１８～Ｐ１２１）４Ｐ
○カルチャーページ（Ｐ１２２～Ｐ１２３）２Ｐ
○星占い（Ｐ１２４～Ｐ１２５）２Ｐ
○広告（Ｐ１２６）１Ｐ
○注文方法説明（Ｐ１２７～Ｐ１２９）３Ｐ
○注文表（別丁）
○次号予告・奥付（Ｐ１３０）１Ｐ
○広告（Ｐ１３１）１Ｐ
○表４広告（Ｐ１３２）１Ｐ

3

数日が経った。

その間、編集部に何も変化はなかった。みんなが出社時間を十一時に変えたこと、早織がギャルみたいなファッションで会社に来るようになったのが、変化といえば変化だった。

何かをしなければいけないことはわかっていた。だけど、何をすればいいのか、それがわからなかった。

会社では他のメンバーの手前、あんまり露骨にできなかったのだけれど、家では何度も学にスタッフ集めはどうなっているのかと確認した。でも、学はあたしの期待する答えを言ってくれなかった。今、連絡をしてるからとか、もうちょっと待ってくれ、とかそんな答えが返ってくるばかりだ。

頼りの学がそんなことでは、話も進まない。あたしたちは研究と称して女性ファッション誌を読みあさっていたのだけれど、それがどれだけ意味のあることなのかはわからなかった。雑誌を経費で買えたのは嬉しかったけど。社長に呼び出されたのは、そんなある日の午後だった。

あたしが社長室に入ると、長沼社長はいつものように静かに座っていた。来客用のソファに座らされ、あたしはかしこまっていた。

「いかがですか」長沼社長が言った。「最近の調子は」

「先日、ドクターＤＪの本社オフィスに行ってきました」

あたしは答えた。それはそれは、と長沼社長が微笑んだ。

「どんな様子でしたか」

「すごかったです。服とか、靴とかバッグとかいろいろアイテムがあって……コスメなんかも充実していました」

「ドクターＤＪと手を組んだのはよかったと?」

「……思いました」

長沼社長が立ち上がった。ソファに座る。あたしのことをまっすぐに見つめた。

「それで、現場の状況はどうですか」

「……現場の状況ですか」

「編集部はどうなっているのですか」

長沼社長が軽く咳込んだ。それは、とあたしは口を開いた。

「……全員、元気です」

「士気は高いのですか」

「……ええと、どうなんでしょう……はい、まあそうですね」

「高沢編集長。わたしは新雑誌編集部に期待をかけてます。何か新しいことをやってくれるのではないかと思っています」

「……はい」

「あなたにならできる。信じていますよ」

「……はい」

「今後はどうなりますか。どうやって編集作業を進めていくつもりですか」

「……はあ、あのですね、今スタッフ集めに取りかかっているところです」

「スタッフ？」

「カメラマンとか、スタイリストとか、デザイナーとか……そういうスタッフです」

なるほど、と長沼社長が小さくうなずいた。

「順調ですか」

「はい……いえ、あの、そうですね……実を言うと、あまり順調ではありません」

「なぜでしょう」

「……それは、わかりません」

ひとつひとつですよ、と長沼社長が指を振った。

「多少困難に見えても、問題をひとつひとつ整理していけば、おのずと道は開かれるものです」

何だか宗教がかったことを言い出した。この調子でいくと、何か買わされそうな気がする。

「あの、社長……ちょっとお伺いしたいことがあるのですけど」

あたしは話を変えることにした。何でしょう、と社長が足を組んだ。

「あのですね、新雑誌の名前のことなんですが……」

ああ、なるほど、とうなずいた。

「そろそろ決めなければいけませんね」

「うちの会社の雑誌名はすべて社長がつけたと聞いています」

そうですね、と社長が言った。

「わたしが決めました」

「……今回も？」

「はい。わたしが命名します」

「もう決まってるんですか？」

「アイデアはあります」長沼社長が自分の頭を指さした。「ここにね」

教えてください、皆知りたがってますとあたしは言った。でも、社長は首を振るばかりだった。

「ちょっとまだ迷いがありましてね。必ず近日中に決めます」

「……わかりました」

その時、あたしが持っていたポーチから、着信音が鳴り出した。出て構いませんよ、と社長が言った。失礼かとは思ったけれど、出ていいと言われれば出ないわけにはいかない。あたしはポーチからスマホを引っ張り出した。

「もしもし、高沢です」

「加藤です」

学だった。他に誰かいるのだろう、他人行儀だった。

「何かありましたか」

「スタッフを揃えました」

あたしは思わず立ち上がっていた。

「揃ったんですか？」

「とりあえずは。今から編集部に連れていきます」

「あたしもすぐ行きます」

「今、どちらですか？」

「……社長室です。加藤さんはどこですか」

「書籍編集局です。では、後ほど」

「はい」

電話が切れた。あたしは長沼社長を見た。ちょっと驚いたような顔をしていた。

「……スタッフが揃ったようですね」

相変わらず察しはよかった。あたしは、はい、とうなずいた。

「行った方がいい」社長が言った。「また話しましょう」

はい、ともう一度うなずいた。ようやくスタッフが揃ったのだ。これで仕事ができる。

ひとつ礼をしてから社長室を出た。何だか足元がふわふわした感じだった。

4

編集部に戻ると、みんながあたしの方を向いた。何を言っていいのかわからない、そんな感じだった。

「加藤さん」

あたしはただ一人立っていた学に声をかけた。学が微笑んだ。

「編集長、お待たせしました。撮影スタッフです」

ソファに四人の男女が腰かけていた。はじめまして、とあたしは頭を下げた。

「紹介しますよ」学が言った。「こちら、カメラマンの斎藤《さいとう》さん」

「斎藤です」

立ち上がったのは百九十センチ近い大男だった。あたしたちは名刺を交換した。フォトグラファーと肩書きが記されていた。

「こちら、デザイナーの富永《とみなが》さん」

ほとんど髪の毛がない男の人が立ち上がった。妙ににこにこしている。富永です、とその人が言った。デザイナーとはこの場合誌面をデザインする人ということだ。

「こちら、スタイリストの堀切《ほりきり》さん」

堀切さんは男性だったが、どこかフェミニンな感じがした。声も優しく、柔らかいものだった。

「よろしくお願いしますね」

堀切さんがそう言って名刺を差し出した。真赤な地に、黒い文字で名前が記されている。変わった人だと思った。

「そして最後にヘアメイクの磯辺《いそべ》さん」

学が言った。四十歳ぐらいだろうか、小さな女の人があたしの前で頭を下げていた。

「よろしくお願いします」

「いえ、こちらこそ」

編集長の高沢です、とあたしは名刺を差し出した。磯辺さんがそれを手元に置いた。

「ほら、みんなもとりあえず名刺交換して」

学が言った。河本くんと早織、そして白沢さんが列を作った。一人ずつ順番に名刺を渡していく。それぞれに個性的な人たちだけれど、フリーでやっていくためにはそういうキャラクターも必要なのだろうなと思った。

「編集部は全員で何人なんですか」

デザイナーの富永さんが言った。見ての通りですよ、と学が手を広げた。

「高沢編集長とこの四人で回してます」

まあ大変、と堀切さんがつぶやいた。

「説明した通り」学が口を開いた。「うちの会社と通販で有名なドクターＤＪという会社が組んで、通販用の雑誌を作るんです。まあ、カタログ作りですね。ただ、いわゆる通販カタログよりはもっとファッションに寄せたというか、オシャレなものを作りたいと考えています」

「うん、聞いてる」カメラマンの斎藤さんがボソッと言った。「ファッションね……難しいな」

「大丈夫だよ、斎藤さんなら撮れるって」

学が言った。どういう意味なのだろう。

「斎藤さんはアイドルの撮影が得意なんだ」学が説明した。「だけど、前からファッションに興味があって、一度やってみたかったんだって」

「り、りえぴょんと会ったことありますか？」

河本くんが突然質問したが、あたしがにらむとすぐに口を閉じた。

マジで？　じゃあファッション誌の撮影とかはしたことないってこと？

大丈夫なのだろうか。あたしは学を見つめた。大丈夫大丈夫、と学がうなずいた。

「富永さんはファッション誌経験あるんだよね」

「若い時ね」富永さんが笑いながら答えた。「アシスタント時代は、毎日のようにやってたから、経験はあるよ」

若い時。だいたい、この人何歳ぐらいなのだろうか。四十代ぐらいに見えるけど、その若い時っていつ？　二十代の頃？　じゃあ二十年前ってこと？

「最近はどうなんですか」

あたしは思わず聞いていた。最近はねえ、と富永さんがまた笑った。

「実用書とか多いかな」

実用書！　ファッション誌とは真逆の言葉だ。

スタイリストの堀切さんとヘアメイクの磯辺さんについて、学から説明はなかったけれど、おそらく畑違いの人たちであろうことは想像がついた。

学はいったいどうするつもりなのだろう。こんな人たちを連れてきて、いったい何をするつもりなのか。

「今、モデル事務所にオファー出しているところだから」学が言った。「数日中にリストが送られてくるはずだ。モデルはそこから選べばいい」

「加藤さん、手回しがいいですね」

早織が感心したように言った。頬が少し赤くなっていた。何なのよ、アンタは。

「手回しがいいついでに」学が言った。「このメンバーでドクターDJに行こう」

「ドクターDJへ？ 何のためですか？」

河本くんが聞いた。撮影の準備のためだよ、と学が答えた。

「こんなこと今さら言うのもあれだけど、ぼくたちは素人だ。少なくともファッション誌の編集に関しては、素人だ。ぼくたちが何人いたところで、服のコーディネートひとつできないだろう」

「そうですね」

河本くんがうなずいた。だからさ、と学が話を続けた。

「今から行って堀切さんにコーディネートを組んでもらうのさ」

「どの企画のですか？」

早織が台割を持ってきた。これだ、と学が一点を指した。

「『年末年始の着回し30ＤＡＹＳコーディネート』これだよ」

「何でそれを？」

「一番面倒くさそうだからね。この間、皆でやってみようって言っただろう。辛いところから先にやっておかないと、後が続かない。編集者の知恵だよ」

実は、もう堀切さんには説明してあるんだ、と学が言った。堀切さんがうなずいた。

「だいたいのことはわかったつもり。後は現場に行ってからね」

堀切さんが微笑んだ。ちょっと待って、いつそんなことを決めたの？

「加藤さん、今から行くって言っても、ドクターＤＪは大丈夫なんですか？　突然行ったりしたら……」

あたしは言った。学が首を振った。

「大丈夫、もうアポは取ってあるんだ」

「アポは取ってある？」

「昨日、烏丸社長をつかまえてね、今日社長本人は不在なんだけど、秘書の小山《こやま》さんにすべて話しておくから、全面協力するわって言ってくれた」

嘘。どうして？　烏丸社長との連絡はあたしの仕事じゃないの？

「話はいいから。とにかく行こう」

学が言った。その時、スマホの着信音が鳴った。学がジャケットのポケットに手を入れた。

「はい、加藤です」学の声が小さくなった。「え？　トラブル？」

あたしたちは顔を見合わせていた。いったい何があったのだろう。

「マジですか……そりゃヤバイっすね……わかりました、ぼくが行きます。とりあえずそっちに戻ります」

学が電話を切った。どうしたんですか、と河本くんが聞いた。

「ぼくが作った本に……重大な誤植があったらしい」学がうなだれた。

「大変」

早織が言った。そういうことなんで、と学が顔を上げた。

「ちょっとぼくはそっちの片をつけなければならない。ドクターＤＪへは、編集長がみんなを連れてってください」

待って、待ってよ学。あたし、秘書の小山さんなんて知らないんだよ。

「行けばなんとかなりますから。じゃ、すいません。後で行きます」

学が編集部を足早に出ていった。取り残されたあたしたちは、しばし呆然としているしかなかった。

5

三十分後の午後二時、あたしたちは六本木のドクターＤＪにいた。あたしと河本くん、早織、白沢さんの四人と、スタイリストの堀切さんとデザイナーの富永さんだ。

カメラマンの斎藤さんとヘアメイクの磯辺さんはとりあえず今日はやることがなさそうなので、それぞれ帰っていた。

あたしはみんなを連れてドクターＤＪのフロアに入っていき、受付で小山さんの名前を言った。すぐに、あたしと同じ歳ぐらいのきれいな女性が現れた。

「烏丸の秘書の小山です。永美社様ですね」

女の人が微笑んだ。どうやら話は伝わっているようだ。

「あの、編集長の高沢です」あたしは名刺を出した。「先日、うちの加藤という者が……」

「聞いております。コーディネートの件ですよね？」

「はい、そうなんです。お忙しいところ申し訳ありません」

少々お待ちください、と言って小山さんが奥の席の方へ行った。そこにいたスーツ姿の男の人と何か話している。待っている間、あたしはなぜかわからないけどドキドキしていた。

「お待たせしました」小山さんが戻ってきた。「それでは、別フロアに参りましょう」

小山さんを先頭に、あたしたちは階段へ回った。この前と同じように、ひとつ上のフロアに案内された。小山さんが扉を開くと、そこにはドクターＤＪの商品がずらりと並んでいた。

「あら、すごい」堀切さんが言った。「どんだけあるのって感じ」

「アイテム数だけですと、千を超えています」小山さんが言った。「カラーバリエーション、サイズ違いなどを考えると、五千アイテムにはなるかと」

「靴やコスメもあるんですね」

「小物も入れますと、万を超えます」

すごいわあ、と堀切さんが叫んだ。やはりこの人、おネエらしい。

「それで、何でしたっけ」

堀切さんがあたしの方を向いた。ですから、とあたしは説明を始めた。

「加藤からも聞いてると思いますけど、この中から『年末年始の着回し30ＤＡＹＳコーディネート』を組んで欲しいんです」

「ああ、そうそう。三十日分のコーディネートね」

目移りしちゃう、と堀切さんが自分の肩を抱いた。ちょっと何というか、見てられない感じがした。

「でも、これだけあるとやりがいがあるわね」

「はい。お願いします」

どこから始めようかしら、と言いながら堀切さんが服のチェックを始めた。どうやらやる気になってくれたらしい。

「あの」早織があたしの耳元でささやいた。「あたしたちは、どうすればいいんですか」

それはこっちが聞きたいぐらいだった。とにかく、今あたしたちがここにいてもすることはない。

「下でお茶でも飲みませんか」小山さんが言った。「ここで待っているのもあれでしょうから」

「堀切さん、それでいいですか」

あたしは聞いた。けっこうよ、と返事があった。あたしたちは下へ降りることにした。

一フロア下がると、小山さんが来客用のスペースにあたしたちを案内してくれた。あたし、河本くん、早織、白沢さん、そしてデザイナーの富永さんがそれぞれ席に座った。

「コーヒーしか出せないんですけど」小山さんが申し訳なさそうに言った。「それでもよろしいですか？」

「どうもすみません」

あたしが代表して頭を下げた。小山さんがその場を離れた。

「どれぐらいかかるんですかね」

河本くんが言った。見当もつかなかった。二、三時間で済むような気もしたし、一日がかりの作業といわれればそういうものなのかもしれない。

「まあ、待つしかないわ」

あたしは言った。トレイにコーヒーカップを載せた小山さんが戻ってきた。

6

二時間ほどが経った。あたしたちはほとんど話すことなく、ただ待っていた。堀切さんが降りてきたのはそんなタイミングだった。

「お疲れさまです」

あたしは立ち上がった。疲れるわあ、と堀切さんが言った。

「どうでしょうか、進み具合は」

「とりあえず十五日分、コーディネートを組みました。あと半分ね」

見てくれる？　と堀切さんが言った。もちろんだ。見たい。あたしたちは堀切さんの後をついて上のフロアに行った。

部屋には大きなデスクがいくつもあり、そこにコーディネートされた服が並んでいた。

何というか、どぎつい感じがした。原色と原色の組み合わせが多いのだ。目立つかもしれないけど着るには勇気がいる。

そして、それだけではない。最も重要なポイントがずれていた。要するに、着回しではなく、それぞれが独立したコーディネートなのだ。話が違うじゃないの。

「あの、堀切さん」あたしは声をかけた。「着回しコーディネートでお願いしてましたよね」

「そうね。だけど、服を見ていたらもったいなくなっちゃって。いろいろ使った方がいいと思ったのよ」

「そんな……」

「いいじゃない。通販のカタログなんでしょ？　アイテム数を見せた方が読者も喜ぶわよ」

ダメだ、これは、と思った。あたしは馬鹿にされている。編集の素人だと思われている。要するになめられているのだ。

あたしはフロアを出て、階段の踊り場まで行ったところで学に電話をかけた。

「はい、もしもし」

「あ、学？　ちょっと助けてよ」

「どうした？　何かあった？」

そこであたしはすべてを説明した。スタイリストの堀切さんにコーディネートを頼んだのはいいけれど、着回しという前提条件を飛ばされたこと、色の組み合わせもおかしいこと、そしてあたしのことを馬鹿にして言うことを聞いてくれないことを話した。

「そりゃしょうがないだろ。実際お前は素人なんだし」

学が言った。

「素人だってわかることはあるわよ。とにかくあのスタイリストは違うわ」

「そうかな。堀切さんの言ってることも一理あると思うけどね。アイテム数をたくさん見せた方が読者が喜ぶというのはその通りだろう」

あのね、学、とあたしは言った。

「女子はね、それでなくてもお金がかかるの。美容院だって行かなきゃならないし、ネイルサロンだって行きたい。男の人にはわかんないかもしれないけど、とにかくお金がかかるのよ」

「それで?」

「洋服だってそんなにたくさんは買えない。一部のリッチな人を除いてはね。少ないアイテムで着回しができるような服を選ぶのは、男の人が思っている以上に重要なの」

「うん……まあ、わからなくもないけどさ。でも、今回はいいじゃないか。堀切さんも一生懸命やってくれているわけだし、企画をちょっと変えれば……」

「ダメよ、そんなの。普通のＯＬが対象なのにわけがわからなくなっちゃう」

「お前、その企画を作ったのは俺なんだぞ」

「そりゃあ……そうだけど」

「俺が選んだスタイリストなんだ。素人のお前が口を挟むなよ」

「そんな言い方しなくたっていいじゃない」

「悪かった悪かった。でも、編集未経験なのは事実だろ」

何を言っても学は取り合ってくれなかった。最後に出てくるのは、お前は素人なんだからという理屈だった。

確かにあたしは素人だ。でも素人だからこそわかることもある。あのスタイリストは違う。それは確かだ。

だけど、それを言うと学は怒った。俺の選んだスタッフを信用できないのか、ということだ。

もちろん、学のことは信じている。だけど、あの人たちは違う。何が違うかはうまく説明できないけど、とにかく違うのだ。

「じゃあ勝手にしろよ」学が言った。「お前がお前の目で選んだスタッフを取り揃えればいい。どうやってスタッフを選ぶんだ？　どこから連れてくる？」

「そんな……ねえ、学。じゃあこれだけお願い。堀切さんに言って、着回しっていうコンセプトだけは守るようにって」

「そんなこと言えないよ、直接お前が言えよ」

「言っても聞いてくれないのよ」

「じゃあ、無駄だな。ちょっと今、トラブルの真っ最中なんだ。切るぞ」

学が問答無用で電話を切った。あたしは踊り場に立ち尽くしていた。ひしひしと無力さを感じながら。

Story 7　ラフって何？

1

それから数時間待った。

スタイリストの堀切さんは時々降りてきては、面倒だわ難しいわと文句を言ってまた戻っていった。集中力のいる作業だとわかっていたので、あえて何も言わなかった。

どちらにしてもあたしたちにできることはない。ただ待つしかないのだ。できたわよ、と堀切さんが戻ってきたのは夕方近い時間だった。

「何とかね、三十パターン作ったわよ」

お疲れさまです、とあたしたちはお礼を言った。

「どうですか？」

あたしは聞いた。パターンがね、と堀切さんがつぶやいた。

「パターンが似通《にかよ》っている服が多いから、差別化がなかなかうまくできないのよ。まあ、それでも何とか見栄《みば》えのする三十パターンを作ったつもり」

見る？　と堀切さんが顔を上げた。そりゃもちろん、見せていただきたいものだ。

「じゃあ、行きましょうか」

もう堀切さんは自分がオネエであることを隠すつもりはないようだった。言葉だけでなく仕草も女性のものになっていた。

あたしたち四人とデザイナーの富永さん、そしてドクターＤＪの小山さんが揃って上のフロアに上がった。

そこにあったのは作業机いっぱいに広げられたコーディネートの数々だった。すごい、と早織が息を呑《の》んだ。

確かに、それは壮観だった。三十日分のコーディネート。

(でも、何か違う)

あたしは胸の中でつぶやいていた。着回しではないことを言っているのではない。もうそれは諦めていた。

そうじゃなくて、それは例えば色味についてだった。何というか、原色が多いのだ。

例えば、一番手前にある真っ赤なジャケットとピンクのボーダーのシャツ、オフホワイトのジーンズといった組み合わせもそうだ。色が派手すぎないだろうか。

もっと読者の年齢層が低ければ、それでもいいのかもしれない。だが、あたしたちが狙っているのは二十代後半から三十代くらいまでのOLだ。こんなコーディネートでどこへ行けというのだろう。

会社？ 冗談じゃない。こんな服を着ていける会社なんてない。

「すごいですね」早織が言った。「カッコイイ」

デザイナーの富永さんがデジタルカメラでコーディネートを撮影していた。小山さんが商品番号を調べ、それをノートに書き込んでいた。

「サイズはどうします？」

小山さんが言った。サイズ。どうしたらいいのだろう。

「Sから3Lまであるんですけど」

あと、色違いも、と小山さんがあたしの方を見た。堀切さんが前に出た。

「モデルにもよるけど、とりあえずMでいいんじゃないかしら。あとで調整するから」

「そうですね。無難ですけど、それが一番いいかと」

堀切さんと小山さんが話し合っていた。あたしはその会話についていけなかった。自分の無力さをひしひしと感じた。

「編集長」堀切さんがあたしを呼んだ。「学に聞いたところによると、撮影はすべて会社のスタジオでやるのよね」

「ええと……はい、そうです」

経費を節約するために、外ロケ以外はすべてを永美社のスタジオで行うというのは規定事項だった。レンタルスタジオを借りたらいったいいくらになるのかは、考えてみたくもなかった。

「それじゃあね、小山さん」堀切さんが口を開いた。「このコーディネートをそのまま永美社のスタジオに送ってほしいのよ。色もとりあえず指定したものだけ」

「全部ですか?」

小山さんが左右を見た。全部よ、と堀切さんが断言した。

「いつ送れる?」

「今日、これから作業しますから……」小山さんが答えた。「夜の宅配便に間に合えばいいんですけど、間に合わなかったら明後日の午前中になりますね」

「それでいいわ。いいわよね、編集長」

またあたしだ。はい、とあたしはうなずいた。

「すごいっすね」

あたしの横に立っていた河本くんがつぶやいた。本当に、とあたしは河本くんに目をやった。

「でも、最初の企画とは違ったものになっちゃった」

「着回し30DAYSって、あれでしょ」

「うん、そう……これじゃ単なるカタログだわ」

「まあ、でもカタログ雑誌を作るのが目標だったわけだから、これはこれでいいんじゃないすか」

「そりゃあ、そうなんだけど」

あたしの口からため息が漏れた。こんなはずじゃなかったのに。

富永さんがデジタルカメラのシャッターを切る音だけが聞こえてくる。またあたしは自分に何の能力もないのだということを実感していた。

2

ラフを作っておいてよ、と富永さんが言った。あたしたちは何となくお互いを見た。

「……ラフって何ですかあ？」

早織が聞いた。若い子は勇気があっていいと思った。

「ラフっていうのはね、大ざっぱにこんな感じで誌面作りをしていきたいっていう方向づけみたいなもの」

富永さんが説明してくれた。それだけでは足りないと思ったのだろう、肩からぶら下げていたバッグの中からノートを取り出してページを開いた。

「例えばね、モデルがこのコーディネートを着て、こんなポーズ取ってみたいな。わかる?」

富永さんがシャーペンでざっとした絵を描いた。いや、絵とは言えない。むしろ、記号のようなものだった。

「あ、何となくわかります」

早織がうなずいた。この特集の担当は誰なの、と富永さんがあたしに聞いた。みんなでやることになっています、とあたしは答えた。

「担当者を決めるのが編集長の仕事でしょうに」

富永さんが笑った。どうもすいません、とあたしは謝った。

「誰にするの?」

富永さんが言った。そうですねえ、と左右を見た。

「じゃあ、丸山さん、責任者としてやってくれる?」

あたしですかあ、と早織が自分を指さした。そうよ、あんたよ。他の二人はどう見たって使えないでしょ。

「まあ、やれと言われれば……はあ」

早織が何度もまばたきした。あたしだって、誰かにこんなふうに命じたことはない。初めてなのはお互いさまだ。

「ラフ作るの、初めてなんだよね」

富永さんが早織に言った。その口元がちょっと笑っていた。

「はい、初めてです」

「じゃあ、ぼくと二人で考えよう。カメラマンにも、ちゃんと具体的にこういうイメージでっていうのが伝わるようなものじゃなきゃ意味ないからね」

「はい」

「ライターはいないの？」

富永さんがあたしの方を向いた。はい、とあたしは答えた。

「加藤さん、何か言ってなかった？」

「いえ、とりあえず何も……」

あいつ、どうするつもりなんだろう、と富永さんがまた笑った。悪意のない笑みだった。

「やっぱりライターって必要なんでしょうか？」

あたしは聞いた。世の中にはライターという職業があることは、さすがにあたしも知っている。

「ファッション誌やるっていうんならね、ライターはいるでしょうよ。コーディネートにキャッチフレーズをつけたり、服の特徴を説明しなきゃいけないでしょう」富永さんが腕を組んだ。「ただねえ、今回は特殊だからねえ」

「特殊?」

「今回のこれってさ、ファッション誌というより、要するにカタログ製作でしょ」

「……はい、そうですね」

「だとすると、文字量も少なそうだからライターも必要ないのかもね」

どうなのだろう。あたしには判断のつかないことだった。

「まあ、いた方が編集は楽だと思うけど。それに聞くところによると、君たち編集経験がないそうじゃない。ライターにいろいろ教わった方がいいと思うよ」

富永さんが言った。楽だという言葉にあたしは敏感だった。この仕事が楽になるというのなら、ライターでも何でも呼びましょう。

「いた方がいいと思いますよ」小山さんが言った。「その方が間違いがないですから」

小山さんによると、前にドクターＤＪの社内でカタログを作った時もライターはいたのだそうだ。

「まあ、カタログっていっても本当に小さなパンフレットみたいなものだったんですけどね。それでも、ライターさんは使いました」

「わかりました。ライターさんを捜しましょう」

あたしはうなずいた。当てはあるの、と富永さんに聞かれた。

「別にないですけど……」

「だったら紹介してあげるよ。うちのデザイン事務所、よくライターが出入りしてるんだ」

「あの、それはファッション関係のライターなんでしょうか」

「なかなか鋭いところを突いてくるね」富永さんが組んでいた腕をほどいた。「でも大丈夫。経験のある奴を知ってるから」

「社内でも聞いてみましょう」早織が言った。「他の編集部とかにも、知ってる人がいるかも」

永美社はファッション誌を数多く出している。その編集部に行ってライターを紹介してもらおうというのは、早織でなくても考えつくところだった。

「そうしましょう。でも、今はとりあえずラフ作りだと思う」

あたしは言った。商品番号を入れるのを忘れないでください、と小山さんが言った。

3

結局、解散したのは九時頃だった。

その場の勢いで、早織がラフを描くことになり、あたしたち三人も練習になるだろうということから、ラフ描きに参加したのだ。

富永さんの教え方は親切で丁寧《ていねい》なものだったけれど、そこはあたしたちは素人だ。要領を飲み込むまで数時間かかってしまった。

最後にあたしが早織の描いたラフを確認して、作業は終わった。それが九時だった。なるほど、編集者の生活が不規則になるわけだ。九時なんて、前の部署にいた時は考えられない時間だった。それはみんなも同じだったろう。疲れ果てて、げっそりとしていた。

ご飯を食べてもよかったのだけれど、それよりみんなを解放してあげる方が先だろうと思ったので、現地解散ということにした。正直、あたしは早く家に帰りたかった。

家に着くと、それを見計らっていたかのようにスマホが鳴った。学からのラインだった。

今から行ってもいいかという。あたしも言いたいことが溜《た》まっていたので、いいよと書いてラインを送った。学があたしの家に来たのは十時半だった。

「疲れたあ」

玄関に入ってくるなり、学が言った。あたしは学が抱えていたバッグを受け取り、とりあえず入ってよ、と言った。

「入る入る」

いや、参ったよ、と学が肩をすくめた。何があったのと聞くと、ガイドブックに載せたレストランの電話番号が間違っていたのだという。

「それってヤバくないの？」

「ヤバいね。最大級にヤバい」学が顔をしかめた。「とにかく、謝りに行ったんだけどさ、もう相手はカンカンで全然許してくんないのよ、これが」

「どうしたの」

「もうね、心は土下座状態ですよ。さすがに実際にはしなかったけどね。平謝りに謝って、重版分から直すってことで、なんとか許してもらった」

「大変だったんだね」

「大変だよ。初歩の初歩みたいなミスだから、誰のせいにもできないしね。おれも編集長にガンガン怒られて、申し訳ないって」

いやあ、参ったよ、と学が首をぐるぐる回した。こっちも大変だったんだよ、とあたしは言った。

「おお、そうだ。どうだった、ドクターＤＪ」

「電話でも言ったけどさ、スタイリストの堀切さん、全然あたしの言うこと聞いてくれないのよ」

「ああ、それは聞いた」

「着回し企画が、いつの間にか三十日分のコーディネート特集になっちゃって」

「うん」

「冗談じゃないわよ。だけど、いくら言っても聞いてくれないし」

「うん」

「結局、最後までその調子よ。おまけに、コーディネートが終わったら、いつの間にかどっかに消えちゃうし」

「堀切さんは忙しいんだよ」

「いくら忙しいっていったって、お疲れさまでしたぐらいあるのが普通でしょ?」

「あの人はちょっと変わってるんだって」

そんなんじゃ済まされない、とあたしは言った。

「だけどさ」

「何よ」

「堀切さんは業界じゃ有名なスタイリストなんだ。ギャラだって高い。でも、そこを何とかおれのコネで来てもらった。安いギャラでも仕方ないねって言って、参加してくれたんだぞ」

「いくら業界で有名だからって、あたしたちの雑誌とはテイストが違う」

「そんなこと言うなよ。忙しいところ、無理を言って時間つくってもらってるんだからさ」

「忙しかろうと何だろうと、あたし、あんな人認めない」

「まあまあ、そんなに怒るなよ。だいたい、全ページを堀切さんがやるわけじゃないんだし」

「他のスタイリストもいるってこと？」

「今、捜してる」

「早く捜してほしいもんだわ。あと、ライターもね」

「ああ、ライターねえ」

「あなたが捜してくれないんだったら、あたしがよその編集部に行って紹介してもらう」

それならそれでいいじゃないか、と学が言った。

「紹介でも何でもしてもらえばいい。だいたい何だよ、最初はおれに頼りっぱなしだったくせに、ちょっと編集の現場踏んだら、もうわかったつもりかよ」

「わかんないわよ。わかるわけないじゃない。だから助けてほしいのに」

「助けてるじゃないか。スタッフだって連れてきたじゃないか」

「あんなの違う。あんな人たちに、あたしたちの雑誌を作れるとは思えない」

「それは偏見だよ」

「そうじゃない。あのメンバーは違うと思う」

「何だよ、その言い方。おれのセレクションにケチをつける気か」

「そういうわけじゃないけど……」

あたしはちょっと涙ぐんでいた。学が深いため息をついた。

「気が張ってるのはわかるよ。でも、もうちょっと肩の力を抜いて、リラックスした方がいい」

「そんなこと言ったって……」

「まあいいよ。お互い疲れてるんだ。責め合っても仕方がない」

「前はこんなことなかった」あたしは訴えた。「前はこんなことで言い争ったりはしなかった」

「そうだな」

「どうして？　どうしてこんなことになるの？」

疲れてるんだよ、と学があたしの肩を抱いた。

「もういい。もうこの話は止めよう」

わかった、とあたしは首を縦に振った。それなら、と学がワイシャツのボタンに手をかけ始めた。

「腹、減ったな」

「え？」

「今日は一日トラブル処理に追われて、メシもまともに食ってないんだ」

「あたしも」あたしは言った。「さっき帰ってきたばっかりで、何も食べてない」

「何か作ってよ。今さら外に出るのって、面倒くさくない？」

「何かって言われても……」

「あるものでいいんだ。ご飯は炊《た》けてるんだろ？」

「うん……」

正直言って、作りたくなかった。前なら、何も言われなくても食事の用意はしてただろう。でも、今日はあたしも疲れているのだ。買い置いている食材もなかった。

「何かあるだろ」

あたしは促されるまま立ち上がり、冷蔵庫の前に立った。ドアを開くと、冷蔵室には何もなかった。

野菜室を開けると、半分に切られたキャベツがあった。続いて冷凍庫を見ると、豚肉のバラがあった。

どうしよう。とりあえず、これで何とかなるだろうか。

「生姜《しょうが》焼きでも作ろうか」

「いいね。それでいこう」

学はどこからか取り出したジャージに着替えていた。編集者が外食が多くなるはずだと考えながら、あたしはフライパンに油を引いた。

4

翌日、少し早く家を出た。家を出る時、学は起きてはいたけど、まだ寝ぼけたような状態だった。

「じゃあね」

「おれもすぐ行くから」

ジャージ姿の学がそう言った。別にすぐでなくても構わない。学とあたしがつきあってるのは秘密中の秘密だった。

前もそうだったけど、同じ編集部で働くことになって、ますます秘密にしておかなければならなくなっている。

会社に着くと、既に他の三人は出社していた。あたしはみんなに、おはようございますと言った。

「おはようございます」

早織が言った。早織は急速にギャル化していた。

髪はぐるぐるに巻き、つけまつげが長いったらない。タンクトップにミニスカートと、まるでキャバ嬢のようだ。

河本くんは無言だった。彼は変わっていない。地味なスーツを着て、いつもパソコンに向かっている。何をしているのかはまるでわからなかった。

変わらないのは白沢さんも同じだった。濃紺の高級そうなスーツにきちっとネクタイを締《し》め、いつ見ても紅茶を飲んでいた。

あたし。あたしはどうだっただろう。

スーツを着るのは止めにしていたけど、何を着て会社に行けばいいのかわからず、とりあえずブラウスにスカート、それにカーディガンをはおるという無難なスタイルに落ち着いていた。

「何かあった？」

あたしは自分の席に着きながら早織に聞いた。別に何も、と早織が答えた。

「昨日のスタッフさんたちから何か連絡は？」

「別にありません。朝、宅配便の人が来て、加藤さん宛に荷物が届いてますけど、それ以外はこれといって何も……」

「そう」

「あの、編集長、昨日の件なんですけど」

早織が口ごもりながら言った。昨日の件って、とあたしは聞いた。

「30DAYSコーディネートなんですけど……ラフを作り直してきました。見ていただけますか？」

あらまあ。何、この子。意外とマジメじゃない。

「見ます。でも、ちょっと待っててね」

あたしはパソコンを開いた。メールを確認する。一通の社内メールが届いていた。総務部からだ。

〈出社次第、社長室へ行ってください。鈴木〉

（ヤバ）

あたしは時計を見た。十一時五分。遅すぎないだろうか。

「どうかしましたか？」

早織が言った。ゴメンね、とあたしは立ち上がった。

「ちょっと呼ばれちゃって……社長室行ってくる」

あたしは返事も聞かずに編集部を飛び出した。エレベーター、エレベーター。

（駄目だ）

待っていられない。あたしは階段を走って昇った。総務部に着いた時にはすっかり息が切れていた。

「……すいません、鈴木部長」

「どうしたの」

鈴木部長が席から立ってこっちに来た。遅かったでしょうか、とあたしは息も切れ切れに言った。

「何の話？」

「……社長が……あたしを……待ってるって……」

ああ、そのこと、と鈴木部長が微笑んだ。

「全然大丈夫。社長室にいるから」

はい、とあたしは息を整えた。大丈夫？　とあたしを見た。

「じゃ、落ち着いたら行きましょうか」

「あたしは大丈夫です」

わかった、とうなずいて、そのまま歩き出す。あたしは後に従った。鈴木部長が社長室のドアをノックした。

「すいません、社長。高沢編集長が……」

「どうぞ」

いつもどおりの細い声がした。鈴木部長がドアを開いた。おはようございます、とあたしは頭を下げた。

「お疲れさまです……そちらに座ってください」

社長がソファセットを指さした。言われるがまま、あたしはソファに座った。鈴木部長が社長室を出ていった。

「順調ですか？」

社長が口を開いた。はい、まあ、その、とあたしはうなずいた。

「まあ、それはともかくとして……誌名が決まりました」

「はい？」

「突然、降りてきたんです。誌名はデュアル・ジュノというのでどうでしょうか」

「デュアル・ジュノ……？」

「英語表記はＤｕａｌ Ｊｕｎｏです。意味はですね、二つの特徴を持つ女神、ということになります」

デュアル・ジュノ。あたしは口の中で何度もその単語を繰り返した。

正直言って、わかりにくいと思った。語呂がいいわけでもない。

他の人が言ったのなら即却下と言いたいところだったが、何しろ長沼社長の発言なので嫌ですとも言えない。デュアル・ジュノですか、と言うのがやっとだった。

「編集長、あなたの企画書によれば、あなたの雑誌は二十代後半から三十代までのＯＬをメインターゲットにするとありましたね。彼女たちは職場での顔とプライベートの顔、両方を持っています。その両方の場面でのファッションのニーズをかなえるという意味も込められています」

はあ。なるほど。

「ついでにいえば、ドクターＤＪのＤＪを頭文字にしたというのもあります。どちらにしても、これ以上の誌名はありません」

社長の声が高く鋭くなった。あたしは、はあはあとご意見を清聴《せいちょう》するだけだった。

「さあ、これで誌名も決まったことですし、あとは仕事に集中してください」

「わかりました」

「話はそれだけです。では」

社長が元いた場所に戻った。あたしは立ち上がって頭を下げた。行きなさい、と社長が手を振った。

「……デュアル・ジュノ」

あたしはつぶやいた。何か、意味が全然わかんないんですけど。

「どうしたの、高沢さん」鈴木部長が声をかけてきた。「何の話だったの？」

「誌名が決まったって……」

「ああ、社長はそういうの得意だからね。どんな名前になったの？」

「デュアル・ジュノ」

「はあ？」

鈴木部長が首をかしげた。まあ、だいたいそういう反応になると思う。あたしだってそう思ってる。

「長沼社長にしては、ひねった誌名だねえ」

「……はい。だけど、これしかないって。もう社長ノリノリで」

「じゃあ、決まりだね」

「ええ」

あたしたちはじっとお互いを見つめ合った。ここはそういう会社なのだという思いを、二人で嚙み締めていた。

5

編集部に戻ると、学が来ていた。学を中心にみんなが話し合ってる。どうしたの、とあたしは聞いた。

「撮影の日取りが決まったそうなんです」

早織が言った。何、それ。あたし、聞いてないんですけど。

「来週の月曜日ということで、全員のスケジュール合わせたんで」

学が言った。来週の月曜日？　もう四日しかないじゃないの。

「でも、ライターは？　それに何より、モデルは？」

あたしは不安に思っていたことを挙げた。ライターは用意した、と学が胸を張った。

「ファッション誌で書いてるバリバリの現役見つけたんで、心配しなくても大丈夫です。それに撮影のときにはまだ必要ないんですよ」

「モデルは？」

それも大丈夫、と学が自分の机の上に置いてあった宅配便の分厚い封筒を取り上げた。

「これ、前から頼んでいたモデル会社の宣材用カタログ。この中に載っているモデルを選んで、リクエストすればOKってわけ」

そうなのか。本当に大丈夫なのだろうか。何だか学が調子に乗っているように見えた。

「大丈夫大丈夫。いや、そりゃもちろん、こっちのリクエストが百パーセントかなうかどうかはわかりませんよ。だけど、二十人ぐらいオファーを出せば、そのうち四、五人はスケジュール出るでしょう」

「モデルは何人ぐらい雇《やと》うんですか」

河本くんが聞いた。三十パターンだから、四、五人でいいんじゃないのかな、と学が言った。

「ですよね、編集長」

え？　ここであたし？　そうですねえ、と考えるふりをした。四、五人でいいのかどうか、判断がつかない。

「四人ぐらいでいいんじゃないですかあ」早織が横から口を出した。「他のファッション誌でも、だいたいそんな感じですよ」

どうやら、四人ということで意見は一致したようだった。じゃあモデルを選ばないと、と学がカタログを開いた。

「どの子にします？」

あたしはカタログを受け取った。ぱらぱらとページをめくると、とんでもない数のモデルたちがそこに載っていた。

「どうするの、これ」

選ぶんですよ、と学が言った。

「この中からウチの雑誌に合ったテイストのモデルを選ぶんです」

「ウチの雑誌っていったって……まだ何にも実態はないのに」

「その辺は想像力で何とか」

想像力でって言われても。とにかく、全員チェックしていくしかないのだ。

あたしはカタログに付箋紙《ふせんし》を貼りつけることにした。気になるモデルをチェックするためだ。

「そういえば、ウチの雑誌の誌名が決まったから」

何ていう誌名ですか、と河本くんと早織が同時に言った。

「デュアル・ジュノだって」

「何すか、それ」

「どういう意味ですかあ」

あたしは社長に言われた通りの話をした。何だかなあ、と河本くんが首をひねった。

「あんまりピンと来ない名前ですね」

「でも、社長が決めたことだから」

全員が黙った。社長が言っているのなら仕方がない、という意味の沈黙だ。

それからあたしたちはモデル選びに専念した。カタログを見ては、気になるモデルがいたらそこにチェックを入れる。あんまりたくさん選んでも仕方ない。

結局、あたしが選んだのは十人のモデルだった。共通しているのは年齢が三十代前半ということだ。

派手ではなく、落ち着いた容姿のモデルを選んだのは、何となくそれぞれがイメージしている雑誌の雰囲気に合わせてのことだった。

ところが、学と河本くんは違った。二十代前半の、どちらかといえばグラマラスなモデルを選んでいる。違うでしょ、それって。それはあなたたちの好みの女性じゃないの。

でも、二人は声を揃えて、この子たちがいいと主張して止まない。反論するのに疲れたあたしは、じゃあそっちの言い分も呑む、と言ってしまった。

こんな選び方でいいのだろうか。もっとあたしがはっきりと雑誌のコンセプトとかを強く打ち出さなければいけないのではないか。

でも、そんなあたしの悩みに関係なく、学と河本くんはハイタッチを繰り返していた。どうして男ってあんなに子供なんだろう。

とにかく、そういうことで話は決まってしまった。あとはただ月曜日を待つだけだ。あたしの口から大きなため息が漏れた。

6

四日間なんてあっと言う間だった。

その間、あたしたちはさまざまな仕事をこなしていた。各企画の担当者を決め、ページごとにラフを描く。

そのラフをカメラマンやデザイナーに送って、それをもとに話し合う。いろんなことが同時に進行していた。

そして月曜日の朝、あたしたちは会社に七時に集合した。アシスタントを一人ともなったカメラマンの斎藤さん、デザイナーの富永さん、スタイリストの堀切さん、ヘアメイクの磯辺さんなども時間までには集まってきていた。

七時を少し回ったところで、四人の女の子たちがやってきた。マネージャーが一人ついている。その人は桜井《さくらい》と名乗った。あたしたちは名刺を交換した。

女の子たちがメイクルームに入った。永美社のスタジオはけっこう大きい。メイクルームも二つある。社内スタジオとしてはなかなかいい方だと学が言った。

磯辺さんと堀切さんもメイクルームに入った。しばらく待ちだな、と学が言った。

今日のコーディネートは既にドクターDJから永美社に届けられていた。撮影する順番も決まっている。ここまでくると、意外とやることはなかった。

約一時間後、メイクと着替えを済ませた四人がメイクルームから出てきた。さすがにプロのモデルだ。それなりに決まっていた。

「よし、じゃあ撮影始めましょう」

学が宣言するように言った。斎藤さんは既にカメラのセッティングを済ませていた。

巨大な白い紙の前に女の子が立った。名前は知らない。冬号の撮影なのでコートやブーツをはいている。いかにも暑そうだったが、まあ仕方がないだろう。

この際、名前なんてどうでもよかった。学と河本くんの選んだモデルだった。

「はい、よろしくね。カメラマンの斎藤です」

斎藤さんが言った。レイナです、と女の子が小さな声で言った。

「じゃあね、とりあえず撮ってきますから。会話しながらやっていきましょう」

「……はい」

レイナと名乗った女の子がまっすぐに立った。斎藤さんがシャッターを切った。ストロボが光った。

「はい、いいねえ、カワイイよお」

斎藤さんが叫んだ。けっこう声がでかい。レイナが不安そうに辺りを見回した。

「はい、きょろきょろしない。こっち向いて。目線はカメラで」

斎藤さんが喋り続けている。あたしたちは黙っていた。

「カワイイですね」

早織があたしの耳元で囁《ささや》いた。うん、とあたしは返事をした。

「……でも、ちょっとカワイイすぎない？」

「あ、あたしもそう思ってました」

レイナというそのモデルは身長百五十五センチぐらいだろう。小さくてとてもカワイイ。胸が大きかった。ＫＡＢ48のメンバーだと言われれば、そうかもしれないと納得してしまうようなルックスをしている。

「まだ若いですよね」

早織が言った。うん、とうなずいた。おそらく、二十歳ぐらいなのではないか。正直に言おう。あたしたちの雑誌には若すぎるような気がした。

「ちょっと……加藤さん」あたしは学に声をかけた。「ちょっといいですか？」

「何？」

学がこっちを向いた。モデルなんですけど、とあたしは小声で言った。

「何ていうか、カワイイすぎませんか」

「カワイイのはいいことだと思うけど」

学が言った。でも、とあたしは口を開いた。

「雑誌の方向性とちょっと違う気がするんです」

「そうかな。そりゃ主観の問題じゃないかな」

「主観の問題？」

「雑誌なんてさ、やってくうちに方向性が固まってくるもんさ。もう撮影は始まってるんだ。横からごちゃごちゃ言わない方がいい」

斎藤さんがレイナにいろんなポーズを取らせている。それは何だかグラビアアイドルの撮影を見ているようだった。

「はい、カワイイねえ。いいですよ、今の表情。じゃあ、両手でピースサイン作ってみようか」

レイナがおずおずとポーズを取る。そのたびに斎藤さんがシャッターを切った。

「ちょっと待ってて。何か両手が寂しい感じがするね」

斎藤さんがカメラバッグを開けた。出てきたのはけっこう大きめのぬいぐるみだった。レイナにそれを持たせた。

あたしは心の中でえーっと叫んでいた。それはどうなの？

ちょっと入ります、と言って磯辺さんがレイナのところに行った。額の汗を拭っている。

暑い上に、冬服を着ているので、汗が出てくるのは仕方のないことだった。続きをどうぞ、と言って磯辺さんがレイナから離れた。

「ああ、いいねえ。いい感じだよ」

斎藤さんが素早くシャッターを切った。ちょっと加藤さん、とあたしはもう一度言った。

「あれはさすがに違うんじゃないですか？」

「……まあ、そうかもしれない。でも、いいじゃない。写真として、使わなければいいんだから」

本当にそれでいいのだろうか。不思議な撮影は続いている。誰か助けて、とあたしは心の中で思っていた。

Story 8　編集長って何？

1

撮影は続けられていた。

モデルがポーズを取る。斎藤さんがシャッターを切る。ストロボが光る。その繰り返しだ。

何十回かシャッターを切ると、斎藤さんが満足したようにオーケーと叫ぶ。終了の合図だった。

早織が次のモデルを連れてくる。カメラの前に立つ。おお、いいねえ、とか何とか言いながら斎藤さんがまたシャッターを切り始める。

（いいのだろうか）

あたしは思っていた。確かに、今、撮影は始まっている。早織の描いてきたラフを元に、撮影が行われている。

それはそれでいいのだけれど、モデルたちの表情は明らかに戸惑《とまど》っていた。何が起きているのかわからないような顔付きだ。

斎藤さんは明らかにアイドルを撮影するようなテンションで写真を撮っていた。それは果たして正しいのだろうか。

(違う)

絶対に違う、とあたしは思った。これはアイドル誌の撮影ではない。ファッション誌の撮影だ。しかもその中の通販雑誌という、微妙なポジションに立つ雑誌の撮影だった。

斎藤さんの撮り方は、モデルの魅力を引き出すための撮影だ。しかも、アイドル的可愛らしさだけに焦点を当てている。それでは困る。商品がもっと前に出てこなければならない。

「加藤さん」

ちょっと、とあたしは学を呼んだ。スタジオの隅に移動する。学がついてきた。

「何?」

学が言った。撮影のことなんだけど、とあたしは口を開いた。

「あれでいいのかな」

「何が」

学が囁いた。あたしも自然と小声になっていた。

「何か、違うような気がする」

「どういうことだよ」

「うまく言えないけど……違うと思う。斎藤さんのスタンス」

「スタンス？」

うん、とあたしはうなずいた。

「あのね、アイドルの写真集作ってるんじゃないと思うわけよ」

「そりゃそうだ」

「あたしたちが作ろうとしているのは通販雑誌よ。わかってる？」

「もちろん」

「斎藤さんはそれをわかってない気がする」

「そうかな」

「そうよ。表情のことばっかり要求してるけど、はっきり言ってそんなのどうでもいいの。洋服が前面に押し出されてこないと」

そりゃそうだ、と学が手を振った。

「それは斎藤さんに伝えてあるよ」

「ちゃんと説明した？　理解してくれた？」

「たぶんね」

たぶんじゃ困るのよ、とあたしは腕を組んだ。学が不快感丸出しの顔になった。

「おれは全部斎藤さんに説明したよ。確かに、斎藤さんはアイドル方面の撮影が多いカメラマンだ。だけど、前からファッション写真に興味を持っていたこともおれは知ってる。だから、今回の撮影に関して、不安はなかった」

「アイドルカメラマンなわけでしょ?」

「そうだけど」

あたしは首を横に振った。

「ね、今からでも間に合うから、斎藤さんにちゃんと話して。これはアイドル雑誌の撮影じゃないんだって」

「そんなのは言ってあるよ」

「お願い。一生のお願い。もっとちゃんと伝えて」

だから伝えてるってば、と学の声が高くなった。抑《おさ》えて、とあたしは言った。

「言いにくいのはわかるけど、でも、これは撮影なのよ。遊びじゃないわ」

「そんなこと、素人のお前に言われなくても、こっちは十分にわかってるさ。別に遊びで撮影してるわけじゃない」

「学!」

あたしは低い声で叫んだ。学が肩をそびやかした。

「とにかく、おれは伝えるべきことはすべて伝えた。説明もした。あとは斎藤さんが撮った写真をどううまく料理するかだ」

「料理するって言ったって、素材が駄目だったらどうしようもないじゃない」

「斎藤さんはそんな低レベルのカメラマンじゃないよ。いい素材を提供してくれるはずだ」

話は終わりだ、と学があたしの前から去っていった。あたしはどうすればいいのかわからないまま、スタジオの隅で立ち尽くすしかなかった。

2

撮影が終わったのは夜の十時くらいのことだった。

途中、食事休憩なども挟《はさ》んだけれど、とにかく撮影しっぱなしだった。カメラマンの斎藤さんにはいろいろ不満もあったけれど、そのエネルギーはすごい、とあたしは思った。

「お疲れさまでした」

「お先に失礼します」

モデルの四人が口々にそう言ってスタジオを後にした。一人平均七〜八ポーズ、彼女たちもよくやってくれた、とあたしは素直に感謝していた。

「さて、どうします」学が言った。「写真、見ますか」

見ましょう、とあたしは言った。疲れてはいたけれど、やっぱり写真の上がりを確認したい。

「デジタルは便利だよね」

斎藤さんがカメラをパソコンに接続した。すぐに画面に今撮ったばかりの写真が並んだ。

「どうかな」

斎藤さんが学に向かって言った。いいんじゃないすか、と学が答えた。

「カワイイじゃない」

「モデルによってバラツキはあるけど、まあいい方だよな」

斎藤さんがうなずいた。写真をクリックしていく。そのたびに新しい画面が開いた。

「この辺なんか、雰囲気いいんじゃない?」

斎藤さんが画面を指さした。モデルがアップになっていた。ウインクをしている。だからそういうのはいらないってば。

「あの、斎藤さん」我慢できずにあたしは言った。「うちは洋服の雑誌なんですよね。だから、もうちょっとコーディネートを見せてあげられる写真じゃないと」

「ああ、そうか。服を見せるんだもんね」

案外素直に斎藤さんがうなずいた。じゃあ、これは？　と一枚の写真をアップにした。モデルがジャンプしている。正直、余計な動きだと思った。

「もうちょっと……ノーマルな写真の方が……」

「ノーマル？　動きがないとつまんないでしょ」

「でも、読者はやっぱり全体像が見たいと思うんですよ」

「まあ……そうかもしれないね」

斎藤さんが別の写真をクリックした。正面からの立ちポーズ。そうそう。こういうものがないと。

もちろん、これぱっかしでは読者も飽きるだろう。動きのある写真を挟んでいくのはいい。だけど、コーディネートをしっかり見ることのできる写真がなければ、雑誌としての意味をなさない。

「こういう写真、もっとありますか」

ええと、と斎藤さんが画面を変えた。そういう写真は圧倒的に少なかった。斎藤さんがシャッターを切るのは、何というか、基本的には動きのあるポーズだった。

それでは困る。この雑誌は通販の雑誌だ。モデルが着ているコーディネートをそのまま販売するのが目的といっていい。

それなのに、洋服よりモデルが前に出てくるようでは困る。でも、斎藤さんはそれを理解してくれないようだった。

「どうする?」

斎藤さんが言った。どうしようか、と学が顔を傾けた。

「これから事務所戻って写真のチェックをするけど」斎藤さんがパソコンの画面を叩いた。「明日の昼過ぎには納品できると思うよ」

「光の具合とかは?」

「それも調整する」

パソコンは便利だよなあ、と斎藤さんがまた画面を叩いた。

「それじゃあ、これで終わりということで」

学が言った。そうなのか。これで終わりなのか。

「後片付けしようぜ」

学が率先してスタジオ内に落ちていたゴミを拾い始めた。河本くんもそれを手伝い始める。

「機材には触らないでくれ」斎藤さんが言った。「それはうちのアシスタントがやるから」

「了解了解」

あたしたちはそれぞれにスタジオを片付け始めた。もともと、それほど派手な撮影をしていたわけではない。ライトの撤収《てっしゅう》などが終われば、後は楽なものだった。

「お弁当の残り、このビニール袋に入れてくださーい」早織が言った。「あたし、まとめて捨ててきますから」

「よし、終わりだ」学が手を叩いた。「編集長、今日のところはこれで解散ってことで」

はい、とあたしは答えた。疲れていた。今日はもうこれ以上何もできないだろう。

「もう十一時」

早織がスタジオの時計を見た。本当だ。十一時になっている。

「まあまあ、今日は早く終わった方だよ」学が早織に言った。「撮影の時は半徹夜なんてザラさ」

「えー、そうなんですかあ」

「ま、今なら電車で帰れるけど、これからはタクシーで帰ったりするのも覚悟しとかないとね」

はい、と早織が素直にうなずいた。行きますか、と河本くんが言った。白沢さんはもうバッグを抱えていた。

3

みんな一緒に会社を出た。

有楽町の駅でそれぞれが電車に乗り込んだ。みんな帰る方向はバラバラだった。あたしと学だけは同じ方向だ。あたしは原宿、学は代々木に住んでいるので、それは当然だった。

あたしたちは山手線に乗り込んだ。席は空いてなかった。あたしと学はそれぞれ吊《つ》り革《かわ》につかまった。

「お疲れ」

学が言った。うん、とあたしはうなずいた。それから先は無言だった。お互いに何も言わない。

あたしも学もよく喋る方だ。二人になった時はいつでも何かしら喋っていた。こんなことは初めてだった。

品川《しながわ》の駅を出た辺りで学が口を開いた。

「何だよ」

「何？」

あたしは聞いた。何だよ、と学が同じ言葉を繰り返した。

「何が不満なんだよ」

「別に」

「じゃあ、何でそんな不機嫌な顔をしてるんだ？」

「地顔よ」

「そんなわけないだろう。何でそんな顔をしてるんだ」

「撮影の時、言った」

電車が大きく揺れた。あたしたちは吊り革につかまり直した。

「斎藤さんのスタンスの問題か？」

「そうよ」

「仕方ないだろ。あれが彼のスタイルなんだから」

「いつもの仕事とは違うのよ」あたしは訴えた。「アイドル相手の撮影とは違う。洋服がメインの雑誌なのよ」

「わかってるさ」

「だったらどうして」

「斎藤さんだって、飛んだりはねたりする写真ばっかり撮っていたわけじゃない」学が言った。「ちゃんとコーディネートを撮ったものもあるさ」

「飛んだりはねたりが悪いなんて、あたしひと言も言ってない。誌面に変化をつけるために、そういうのも必要だと思う」

「じゃあ、いいじゃないか」

「違うのよ」ああ、何て言ったらいいんだろう。「そうじゃやなくて……」

「そうじゃなくて？」

「……例えば」

「例えば、何」

「……モデルの笑顔よ」

あたしは言った。どういう意味だ、と学が首を振った。

「斎藤さんは、モデルに笑顔を強要しすぎるわ」

「そうかな」

学が視線をそらした。そうよ、とあたしは言った。

「笑って笑って、とか、もっとニッコリしてとか、そういうのが多すぎる」

「誌面が華やかになっていいじゃないか」

「だから、アイドル雑誌とは違うのよ」

「そんなことはわかってる」

「わかってない！　引きつったような笑みを見せられても、読者は絶対に喜ばないわ。ましてや、載っている商品を買おうなんて思わない」

「そうかねえ」

学にはわからないのよ、とあたしは目をつぶった。

「女視点で女性誌読んだことないでしょ」

「そりゃあまあ……そうだ」

「でしょ？　たぶん学にはわからないと思う」

「それは男性差別だよ。男性編集者で女性誌の編集やってる奴もいっぱいいる。わからないことはないはずだ」

「じゃあ、わかってよ。理解してよ。その上で斎藤さんに撮影のスタンスをわからせてよ」

「そりゃあ……」

そう言ったきり、学が黙った。電車は走っている。あたしたちは再び無言になった。

（何か言ってよ）

あたしたちは、実は今、ものすごいピンチだ。崖《がけ》すれすれのところを走っている。会話で取り戻せるものがあるならどうにかしたい。痛切にそう思った。

でも学は何も言ってくれなかった。電車が恵比寿《えびす》を出たところで、学がバッグを背負い直した。

「おれ、ちょっと飲んでくわ」

「今から?」

ああ、と学がうなずいた。

「ちょっと……いろいろ考えてみたいんだ」

「うん……わかった」

「……お前も行くか?」

学が上目遣いになった。行った方がいいのだろう。そしてお互いの中にあるわだかまりを解いた方がいい。

でも、あたしは疲れていた。一刻も早く家に帰りたかった。

「ゴメン……あたし、帰る」

そうか、と学が言った。諦めたような声だった。

電車が渋谷《しぶや》の駅に着いた。学が、じゃあな、と手を挙げた。うん、とあたしは答えた。

学が電車から降りていった。

(よかったのだろうか)

あたしにはわからなかった。早く寝たい、と吊り革にしがみついた。

4

翌日、十一時に出社した。白沢さんと河本くんが来ていた。

「おはようございます」

あたしは軽く頭を下げた。おはようございます、と河本くんが言った。白沢さんは薄く笑いながら紅茶を飲んでいた。

「斎藤さんから写真届いた？」

「さっき準備ができたって連絡があったので、バイク便を出しました」河本くんが立ち上がってあたしの横に来た。「一時間ぐらいでこっちに届くようです」

「写真がないと何もできないわね」

「そうですね」

走り込んでくる足音がして、早織が入ってきた。すいませーん、遅れちゃいましたあ、と頭を下げた。

「あたしも今来たところだから」

あたしは笑いかけた。駅から走っちゃいました、と早織が言った。

「昨日はお疲れさま」

「編集長こそ、お疲れさまでした」

早織が自分の席に座った。それからあたしたちは思い思いの姿勢でバイク便を待った。

十二時、学がやってきた。それを待っていたかのように、斎藤さんからのバイク便が届いた。あたしたちは封筒の中に入っていたCD－ROMを河本くんのパソコンに入れた。

「どうやって開くの？」

あたしは言った。待ってください、と河本くんがマウスをクリックする。すぐに画面いっぱいに写真が並んだ。

「どれどれ」学が正面に座った。「おお、写ってる写ってる」

そりゃあ、プロのカメラマンが撮ったのだから、写っていて当然だろう。写っていなければ困る。

「いいんじゃない」学が言った。「光の補正とかもしてくれたみたいだ」

「カワイイですね」

早織がうなずいた。どうなのだろう。確かに、カワイイといえばカワイイ。だけど、何かが違う。あたしにはそう思えて仕方なかった。

「じゃあ、選びますか」学がマウスに手を伸ばした。「ひとつのコーディネートにつき写真一点。真剣になって選ぼう」

白沢さんを除いた三人があれやこれやと言い始めた。白沢さんは相変わらず紅茶を飲んでいる。ちょっと待って、とあたしは言った。

「何すか、編集長」

学が振り向いた。余計なことは言うな、とその顔に書いてあった。でも、あたしは言わずにはいられなかった。

「違うと思う」

「何が」

「この写真が。全部違うと思う」

「何言ってるんすか」学が肩をすくめた。「いい写真じゃないの」

学は書籍編集者としては優秀だと思う。三十一歳で副編集長になったのも、その才能があったからこそだろう。

だけど、この雑誌においては違う。ずれてるというか、男目線というか、とにかく根本から違っているのだ。

「もう一度考えて。この雑誌の読者は女性です。それだけははっきりしている」

「そりゃあ、そうですね」河本くんがまばたきをした。「それは間違いないと思います」

「カメラマンの斎藤さんも、加藤さんも、男性目線からすべてを決めているとしか思えないんです。それじゃこの雑誌が駄目になる。そうじゃありませんか？」

「何言ってるんだ」

学が言った。視線が尖っている。

「……撮影、やり直しましょう」

「ううん、撮影だけじゃない」あたしは首を振った。「スタッフも全員取り替えましょう。そして台割も変えます」

「編集長！」

「だって、あの台割は編集長が作ってきたものじゃないすか」

河本くんが言った。そうだけど、とあたしは強く首を振った。

「ごめんなさい。あれじゃ、やっぱり駄目だと思う。もう一回やり直させて。チャンスをください」

「だって」早織が目をそらしながら言った。「あのラフ、あたしなりに、頑張って一生懸命作ったんですよお」

「ごめんなさい。だけど、最初からやり直させて。そうじゃないとこの雑誌はとんでもないことになっちゃう」

「えー」早織がぐずった。「せっかく撮影までこぎつけたのに、もったいない」

「じゃあ聞くけど、あなた、この写真を見てどう思った？　モデルが着ている服を欲しいと思った？」

「そりゃあ……そりゃあ、あんまり思わないですけどお」

「だけど、それは年齢の問題とかいろいろあるだろう」学が口を出してきた。「丸山さんはまだ若い。今回撮影した服は、はっきり言ってオバサンっぽいから、欲しくないのも当然じゃないか」

「三十点もコーディネートを撮って、そのうちひとつも二十代が反応しないようじゃ駄目だと思う。そもそもの服選びの段階から間違っていたってことよ」

えー、と早織が頭を抱えた。

「そんなあ、全部やり直しなんて、今さら大変だし……あたしたち頑張ったじゃないですか。ね、加藤さん」

「いくら頑張ったって、結果が伴《ともな》わなければ何の意味もない。あたしはそう思う」

「ちょっと待ってくれよ」学が立ち上がった。「本気で全部やり直す気か？」

「はい」

「スタッフも全員取り替えて？」

「はい」

「何を……そんなねえ、無理だよ、そんなの。おれが引っ張ってきたスタッフだぞ。急に全員辞めてもらうなんて、そんなことできるはずがない」

「加藤さんが言いにくいなら、あたしが言います」あたしも立ち上がった。「あたしが謝ります。だから、もう一回やり直させてください」

学がデスクを叩いた。

「簡単に言うけど、そんなのできるわけないじゃないか。だいたい、仕事はもう始まってるんだぞ。ギャラだって発生している。どうすんだよ、その金」

「あたしが何とかします。他のページの予算を縮小して、このページのギャラは埋めます」

「勝手にしてくれ」学が怒鳴《どな》った。「編集長になって、何でも自分の意見が通ると思ったら大きな間違いだぞ。素人に何がわかる」

そのまま編集部を出ていった。早織と河本くんが不安そうにお互いを見ている。白沢さんは無言のまま、首を振り続けていた。

5

まずあたしがしたのは、斎藤さんに電話をかけることだった。

あたしは昨日の撮影についてお礼を言い、それからこちらの事情を話して、撮影をやり直すことを謝った。怒られるかもしれないと思っていたが、意外なことに斎藤さんは、なるほど、と言ってくれた。

「いや、こっちも慣れてないから、逆に迷惑かけちゃったのかもしれないね」

「すいません」

「全部ボツなんて、新人の時以来だけど、まあこういうこともあるんだな」

「はい……本当にどうもすみません。あの、ギャラの方はちゃんとお支払いいたしますから」

「うん、任せますよ。加藤さんは何か言ってた？」

「おれのスタッフを信頼しないのかって……」

そうか、と斎藤さんが言った。あたしたちの会話はそこで途切れた。まあ、何でもいいや、と疲れた声で斎藤さんが言った。

「覚えとくよ。永美社には高沢っていう厳しい女編集長がいるってことをね」

「すいません」

あたしはそのまま続けてスタイリストの堀切さんとデザイナーの富永さん、そしてヘアメイクの磯辺さんにも電話をかけた。幸か不幸か、三人ともすぐに電話に出た。

あたしは三人に撮影そのものをやり直すことを伝えた。三人とも無言という同じ反応だったのは偶然かどうか。とにかく、あたしは電話の前で謝り続けた。最終的には三人ともあたしの言っていることを理解してくれた。

「まあね、雑誌は編集長のものなんだから、思った通りにすればいいよ」

富永さんはそう言ってくれた。堀切さんも磯辺さんもニュアンスとしては同じようなことを言ってくれた。あたしは四人に謝った後、ちょっと出ます、と残った早織、河本くん、白沢さんに伝えた。

「どこ行くんですかあ」

早織が言った。他の編集部、とあたしは答えた。

「勉強してこなくちゃと思って」

あたしが向かったのは、『ストロベリー』という二十代向けのファッション誌の編集部だった。

『ストロベリー』は編集長以下八人のスタッフで回している。月に一度の発売で、部数は二十万部ちょっとだ。経理的にいえば、なかなか優秀な雑誌ということになる。

あたしが訪ねていったのは、高木百合《たかぎゆり》という同期の女編集者だった。百合はあたしと違って、最初から編集希望でこの会社に入ってきていた。『ストロベリー』も彼女の希望がかなえられた部署だった。

幸い、まだ昼前だったけれど、百合は席にいた。あたしは近寄って、ちょっといいかなと言った。

「あら、久美子。どうしたの」

「うん。ちょっとご相談」

ふうん、と百合が立ち上がった。どこへ連れていかれるのかと思っていたら、会議室だった。

「話題になってるよ、あんたのこと」

百合が言った。そりゃあまあ、確かに話題にもなるだろう。こんな形で編集長になったあたしのことを、みんなが噂する心理はよくわかった。

「どうなの、編集長」

「やめてよ、百合」

「大変だろうなって、この前も沢田《さわだ》とか真喜子《まきこ》とかと話してたんだよ」

沢田も真喜子もあたしの同期だ。それぞれ媒体は違うが、編集部に配属されている。同期は全部で六人だ。後の二人は男の子だった。

「大丈夫なの？」

「大丈夫じゃない」

そうだよね、と百合がうなずいた。

「大丈夫だったら、あたしのとこなんか来ないよね」

まあ、話したいこと全部言いなよ、と百合が座り直した。あたしはなるべく愚痴《ぐち》にならないように、昨日今日で起きたことを話した。

「うあお、勇気あるね、アンタ」

「勇気っていうか……他に考えられなくて」

「遅まきながら、編集長としての自覚に目覚めたってことですか」

「そんなんじゃないけど……あのままじゃとんでもないことになっちゃうと思ったの」

「まあねえ……気持ちはわかんなくもないけど」

「百合、あたしどうしたらいいの？」

あたしは編集長になったことないから、よくわかんないけど、と言いながら百合が煙草に火をつけた。もちろんうちの会社は全社禁煙だけれども、そんなこと言いっこなし、という表情をしていた。

「まあ、編集長にとって一番大事な資質っていうのは、決断力だと思うわけよ」

「決断力」

「うん。最終的に何をやるのか決める決断力。何をやらないかという決断力も必要だと思う」

あたしの人生にあまり縁《えん》のない単語だった。あたしはあんまり物事を決めたことがない。何でも人任せ、というのがポリシーだ。

「私生活はそれでもいいけど」百合が煙を吐いた。「編集長やるんだったら、それだけは忘れちゃ駄目」

「あとは？」

「読者に対して、これを伝えるというメッセージを持っていること」

「だって、通販の雑誌だよ」

「安くて、品質のいいものを紹介する。それがあんたの雑誌のメッセージだと思うな」

まあ、そうだ。だけど、それをメッセージと呼ぶのだろうか。半信半疑だったが、ここは百合の話を聞くことにした。

「読者ターゲットは？」

「二十代後半から三十代までのＯＬって決めてるけど……」

「広いねえ」百合が煙草の灰をそこにあった空き缶に落とした。「広すぎよ」

「だって……」

「まあいいわ。中取って三十歳としましょう。久美子、三十歳の女性っていったって、まだまだ幅が広いと思うよ。あんたの考えてる三十歳ってどんな人？」

「そりゃあ、結婚してるか独身かのどっちかでしょ」

「どっちよ」

「両方……」

それが駄目なのよ、と百合が言った。

「読者ターゲットをはっきりさせなかったら、雑誌なんてなんの意味もない。もっと細かく詰めなきゃ。彼氏はいるの？　休みの日は何してるの？　趣味は何？」

あたしは百合の質問に答えられなかった。そこまで深く考えたことはなかったのだ。

「あんたが想定している読者層には実態がない」百合がはっきりした口調で言った。「その読者はフルタイムで働いて、休日は趣味や美容に使っているのか、それとも結婚していて家族がいるのか。それだけでも取り上げる商品は全然変わってくるはず。でしょ?」

「うん」

「そういうことについて、編集部員と話し合った?」

「……ううん」

「まずそこから始めないと。加藤さんとぶつかったっていうのも、根本的な原因はそこにあるんじゃないかな」

「……かもしれない」

「そういうことを編集部員に伝えて、イメージを共有する。それが編集長の仕事なんじゃないかな」

「うん」

「頑張んなよ。あたしたちの世代で初めての編集長なんだからさ」

「頑張る」

百合があたしの肩に手を置いた。うんうん、とあたしはうなずいていた。

6

それから二日間、あたしは社内を漂流した。いろんな雑誌の編集部に行き、誰か相談できる相手を探して、悩みを聞いてもらうためだ。

幸いなことに、話を聞いてくれる人はたくさんいた。沢田や真喜子のような同期もそうだし、世話焼きのオバサン編集者なんかもいた。

あたしが陥《おちい》ってる状況にみんなが理解を示し、ああしたらいいこうしたらいい、と教えてくれた。中には編集スタッフ、カメラマン、デザイナー、ライター、スタイリストやヘアメイクを紹介してくれる人も少なくなかった。経理の大塚女史や幸子先輩も励ましの言葉をくれた。

学からあれから連絡はなかった。ラインのひとつもこない。もちろん、前のようにお互いの家を行き来したりすることもない。

あたしの方から連絡をするべきなのかもしれなかったけど、その余裕がなかった。台割を書き直すことも含めて、やることが多すぎた。

二日間、あたしは同じ服を着て会社に行った。メイクもほとんどしていない。シャワーこそ浴びているけど、全体的にボロボロな感じだった。

早織たちも、そんなあたしに声をかけてくることはなかった。何か触れてはいけないものを見るような目で、あたしのことを見ている。何も変わらないのは白沢さんだけだった。

三日目の昼、あたしは同期の吉田《よしだ》くんと青木《あおき》くんの二人と会社近くのリストランテでランチを食べていた。二人は販売部員だったけど、何かプラスになるものがあるかもしれないという一心で、あたしは彼らとの食事に臨《のぞ》んでいた。

「久美ちゃんがやるっていうんならさ、おれたちも頑張るけど」吉田くんが言った。「まあ、頑張んなよ。せっかくのチャンスなんだし」

「そうそう。吉田の言う通りだよ」青木くんがうなずいた。「この若さで編集長なんて、めったにないことだしさ」

二人ともそんなことを言ってくれた。あたしが今の悩みを率直に話すと、確かにねえ、と二人がお互いを見た。

「人間関係は難しいよね」

「だな」

「まあ、それをうまく回していくのが編集長の器量ってものなんだろうけど」

厳しいことを言うようだけど、そうなんじゃないのかな、と青木くんが言った。

「お、噂をすれば」吉田くんが店の入口に目をやった。「あれ、加藤さんじゃないの」

あたしは首をぐるりと回した。学だった。機嫌よく笑っている。何を笑っているんだか。あたしがこんなに悩んでいるのに。

見ていると、学の後ろから女の子が一人入ってきた。早織だ。これまたにこにこ笑っている。何なのよ、あんたたち。

学と早織が席に着いた。メニューを片手に何かひそひそ話している。楽しそうだった。

「あれ、丸山だろ」青木くんが言った。「何か、いい感じじゃない？」

「まさかあ。加藤さん、三十オーバーだろ。歳が離れすぎてるって」

あたしの頭の中で、非常ベルがガンガン鳴っていた。何なのよ、これ。学、どういうつもりなの？

二人が注文を終えた。たいしたことを話しているとは思えないけど、学が何か言うたびに、早織は体を二つに折って笑っていた。

時々、ボディタッチが入る。いつの間に二人はこんなに仲良くなったのだろう。

「どうした、久美ちゃん」

青木くんが言った。あたしは意志の力だけで首を元に戻した。

「別に」

「あれ、二人とも久美ちゃんのところの編集部員だよね」

「うん」

「仲がいいんだね」

うん、と答えながら、あたしは自分の耳が赤くなっているのを感じていた。何なの、これ。いったいどういうつもりなの。

吉田くんが何か話し始めたけど、その内容はちっとも耳に入ってこなかった。めまいがして、あたしは両手で顔をおおった。

Story 9　プライベートって何？

1

新台割

○表紙（Ｐ１）１Ｐ
○広告（Ｐ２―Ｐ３）２Ｐ
○表紙モデルインタビュー（Ｐ４―Ｐ８）５Ｐ
○目次（Ｐ９）１Ｐ
○コート特集　定番アウターベスト5、今から買い足す＋１　個性派アウター（Ｐ10―Ｐ19）10Ｐ
○人気モデルエリカのエッセイ（Ｐ20―Ｐ21）２Ｐ

○たまにはおさぼり？　時短ファッション（P103―P107）5P
○おうちらくちんスタイル（P108―P111）4P
○趣味や習い事もおしゃれに　ラクかわコレクション（P112―P116）5P
○注目の人（P117）1P
○アウトレットコーナー（P118―P121）4P
○カルチャーページ（P122―P123）2P
○星占い（P124―P125）2P
○広告（P126）1P
○注文方法（P127―P129）3P
○注文表（ファクス・ハガキ）
○次号予告／奥付（P130）1P
○広告（P131）1P
○表4　ドクターDJ広告（P132）1P

2

さらに何日かが過ぎた。密度の濃い時間だった。

あたしは相変わらず各編集部に行き、編集者たちの話を聞いた。編集長とは何なのか。編集とはいったい何なのかを知るためだ。

皆、話はしてくれて、深く教えてくれる人もいたし、ほとんどアドバイスらしいことを言ってくれない人もいたけど、とにかく毎日質問を繰り返した。

そして、夜になると編集部に戻り、新しい台割を作っていった。それは苦しい作業だったけれど、ちょっぴり楽しくもあった。われながら自分にこんな一面があったとは意外だった。

今まであたしは経理部にいて、自分で何かを決めたことはない。それはあたしではなく、経理部という部署のシステムの問題だった。

経理の仕事は、流れ作業というわけではないけれど、とにかく目の前に来た伝票を処理していくことが主な作業だ。時としてそれは非常に面倒くさい仕事でもあったけれど、とにかく時間をかければすべてが解決していった。それが経理部というものだ。

だが編集は違う。何を作るか、何を訴《うった》えるかは、自分の裁量にかかっていた。

しかもあたしは編集長だ。突然、降って湧いたような形でなった編集長だけれど、とにかく長であることは確かだった。

決定する範囲は広く、おおげさに言えば雑誌丸ごと一冊が、あたしの決めた方向へ行くことになる。それだけ責任のある仕事といえた。

だからあたしは学の作った台割を捨て、新しく自分の手で決めた台割を作ろうと考えていた。こんな気持ちになったのは初めてだった。仕事は自分に新しい何かを与えてくれるのかもしれない。

毎日、深夜まで作業は続いた。普通の雑誌とは違って、あたしたちが作る通販の雑誌は商品を紹介するのが役割だ。

だから、飛び抜けて奇抜な企画というものは考えようがない。読者が求めているのは情報だ。情報を提供しなければならない。

それも、ただ情報が並んでいるだけでは仕方がない。今や、通販のカタログは何冊も出ている。面白くなければならない。他の雑誌とは違う個性が必要だった。

ただし、これは矛盾している。洋服や靴を紹介していく雑誌に、個性的な誌面作りは無理があった。それでも、とにかく魅力に溢れた誌面を目指し、台割を作っていった。

正しいのだろうか。間違っているのだろうか。悩みながら、一ページ一ページを埋めていった。

よれよれだった。それでも何とかあたしは新しい台割を作ることに成功していた。四日目の朝だった。

3

「これが新しい台割です」

あたしは編集部にいた四人全員にコピーした台割表を配った。

「新しい台割ねえ」

学が言った。ちょっと皮肉っぽい言い方だった。

「今後はこれに従って作業を進めてください」

あたしは宣言した。

「いいんですかあ」

早織が首をかしげた。どういう意味よ。

「だって、せっかく前の台割があったのに」

「前のは前の。大事なのは今よ」

「そんなに変わってないように見える」学が言った。「前のとどこが違うんですか」

「細かいところが違うんです」あたしは説明した。「ひとつひとつの商品に対して、より細やかに読者に伝えることを目標に、この台割を作りました」

実際に、取り扱っている商品は前に学が作ってくれたものと似たり寄ったりだ。ただ、そこに女性からの視点というものを入れたのだ。それが大きな違いだったけれど、学にはわからないだろうと思って言うのは止めた。

「そうですよねえ。前とそんなに変わってませんよねえ」

早織が言った。いや、そうでもない、と河本くんが話に割って入った。意外な援軍だった。

「前の台割よりすっきりしたし、企画も整理されてると思うよ」

河本くんがあたしの台割を支持してくれるとは思っていなかった。いずれにしてもありがたいことだった。

「白沢さんは……どう思いますか」

あたしは聞いた。白沢さんがゆったりとした微笑を浮かべた。

これでいいということなのだろうか。それとも、何も考えていないのだろうか。

「まずターゲットをよりはっきりさせました。働く20代後半。社会に出て数年。彼氏もいて、仕事にも余裕が出てきたので、習いごとなんかもしている――それから基本的には、女性読者の目というものを意識したんです」

あたしは言った。女性読者の目？　と河本くんが聞き返した。

「女性はどういう時にファッション誌を読むのか。それを原点として考えました」

「どういうことですか」

学が欠伸をした。あたしは無視して話を続けた。

「女性は迷った時に雑誌を読むと思ったんです」

「迷い?」

河本くんが言った。

「そうです。次のシーズンはどんな服が流行るのか。この雑誌が出るのは十二月ですから、冬のアイテムということですね。どんなコートが、どんなバッグが、どんな靴が、どんな服が流行るのか。もっと突きつめると、どうやったらかわいく見えるか、周りと差をつけられるか——それを提示していったんです」

「なるほど」

「女性目線が前の台割には欠けていました。それを補って、新しく作り替えたものがこれです。台割上は前とは違って見えないかもしれないけど、その根底にあるものは違う。そういうことです」

「確かにねえ」早織がつぶやいた。「迷っている時、ファッション誌を買いますよねえ」

「そういうもんすかね」

河本くんがちょっと笑った。あたしもつられて笑顔になった。

「そういうものなんです」

「加藤さんはどう思いますかあ?」

早織が聞いた。どうだろうね、と学が足を組んだ。

「ま、いいんじゃないの。編集長が決めたことなんだから」

投げやりな口調だった。あたしはちょっと腹が立った。

学は明らかに不満げだ。それは仕方がない。自分の作った前の台割を否定されているのだから、当然だろう。だからそれはいい。あたしがむかついたのは、早織の態度だ。

早織は完全に学に頼っている。言いなりになっている。それが同性としてちょっと腹が立ったのだ。

何もそこまでぶりっ子することはないいんじゃないの。いい加減にしなさいよ。

「まあ、それはいいんですけど」学が言った。「担当は？　誰がどのページをやるんですか」

「それを今から決めようと思っているんです」

「スタッフは？」

すかさず、質問が入る。

「うちの女性誌に頼んで、紹介してもらいました。細かいことは別紙にあります」

「どうなんだろう。信頼できるのかな」

「間違いないと思います。みんな、うちの女性誌を作ってきた人たちですから」

あたしは言った。それならそれでいいですけど、と学が横を向いた。

「自分の担当するページはもちろんやりますけど、他のことは知りませんからね」

「そんな、困りますぅ」早織が甘えた声を出した。「加藤さん、あたしのページは手伝うって言ってくれてたじゃないですか」

いつの間にそんな約束をしていたのだろう、この二人は。

「担当が決まったら、ラフ作りにかかってください」表面上はなんでもないふりをしながらあたしは言った。「ラフチェックはあたしがします。よろしくお願いします」

「ラフチェック?」

河本くんが言った。そうだ、この人も素人なのだ。

「ラフをあたしが見ます。内容が問題なければ、そのまま撮影ということになりますけど、ラフ次第ではやり直しということになるかもしれません」

「編集長がラフチェック?」学が言った。「この前まで経理だったのに?」

「そうです。その通りです。だけど、今はあたしが編集長です。指示に従ってください」

はいはい、と学が言った。はいは一度でいい。

「まあ、前の台割でラフは描きましたから」河本くんが言った。「あれをまたもう一回やるのか」

「そういうことです」

「後は何か?」

「皆さん、すべての進捗《しんちょく》状況をあたしに報告してください」

「そりゃそうですよね」

早織が言った。学のことをちらちらと見ている。学が小さくうなずいた。

「了解しました。それが命令ならば」

お願いします、とあたしは頭を下げた。みんながうなずいた。白沢さんがただ一人、にこにこしていた。

4

担当が決まった。

決まったというよりは、決めていったという方が正しいだろう。主な企画をあたしと学、河本くんと早織に割り振っていった。

河本くんにはコンピューターシステム管理部という経歴を生かして新雑誌のサイトをつくって、ドクターＤＪの通販サイトにつなげてもらうという仕事もお願いした。白沢さんは広告の担当だ。

そこまで決めてから、あたしは早めに会社を出た。疲れていたせいもある。とにかく、家がひどい状態になっているので、それを片付けたかったのだ。

(眠い)

山手線に乗りながらそう思った。確かに眠いだろう。何しろこの数日間であたしはほとんど寝ていなかった。やることが多すぎた。

家に帰り着くと、まず洗濯物の山が気になった。この数日、洗濯をしていない。前だったらこんなことあり得なかった。編集者というのは、みんなこうなのだろうかと思った。山積みになっていた下着やその他を洗濯機に突っ込み、どんどん洗っていった。気がつけばもう日が暮れていたので、外に干すのは諦めて風呂場に干した。

その間も部屋の掃除やら何やら、やることはいっぱいあった。まあ、仕方がない。生きていればいろいろあるのだ。

あたしは片付けを始めた。スマホが鳴ったのはそんな時だった。

〈今から行ってもいいか〉

学だった。あたしは少し考えてから、大丈夫、とラインを返した。学が来るまでに、何とか部屋は片付くだろう。

一時間後、学が来た。あたしは玄関の扉を開いた。

「よう」

学が言った。

「会社から来たの?」

あたしは聞いた。そうだ、と学が部屋の中に入ってきた。

「すげえ雑誌の山だな」

部屋を見るなりそう言った。部屋の隅には、台割を新しく作るための参考資料として買った女性誌が、山のように積まれていた。

「まあね」

仕方がないのよ、とあたしは言った。わかるよ、と学がうなずいた。

「何か飲む？」

何でもいいよ、と学が部屋の真ん中に座った。あたしはお湯を沸かして、コーヒーをいれた。カップを二つ持って部屋に行くと、学がこの上なく不機嫌な表情で座っていた。

「仕事は？」

「ラフを描き始めたところだ」学が言った。「編集長の命令だからな」

「そんなこと言わないでよ」

あたしはコーヒーに口をつけた。あたしも学もコーヒーには何も入れない。少し苦かった。

「いや、言うよ」学が顔を上げた。「お前、どうかしてるんじゃないか？」

「どういう意味よ」

「編集長はいい。会社が決めたことだからな。それには従うしかない。だけど、最近のお前は強引すぎる」

「そんなつもりないけど」

「今日だって、そうさ」学が舌打ちした。「何で台割を変えたんだ?」

「何でって言われても……」

あたしはまたひと口コーヒーを飲んだ。何でなんだ、と学がもう一度言った。

「学が作ってくれた台割は……すごくいいと思ったし、作ってくれたことに対して感謝もしてる」

「なら、どうして?」

「でも、違うと思った。ほんのちょっとだけれど、視点がずれてるって思った」

「視点?」

「あの雑誌は女性向けのものよ」

「そんなことはわかってる」

「女性が読むための雑誌じゃないって思った」

「そんなことはない」

「思ったのは事実なの」

学が腕を組んだ。怒っている時のポーズだった。

「だって、仕方がないじゃない」あたしは言った。「学は男の人で、男の人の感性を持っている。でも女の本音はわからない。そういうことなのよ」

「そりゃあ、確かに女の人の心理なんかわからないけどね」だけどさ、と学が言葉を続けた。「そんなこと言ってたら、女性誌のスタッフはみんな女性ということになる。でも現実は違う。女性誌の編集者として活躍している男性編集者はいっぱいいる。うちの会社の女性誌にだって、男のスタッフはいるだろ」

「いるよね」

「そんな彼らのことを否定するのか」

「否定はしない」

「そうだろ」

学がテーブルを軽く叩いた。鈍い音がした。

「お前は素人なんだ」学が言った。「編集のプロじゃない」

「そんなのわかってる」

「だったらおれの言うことを聞けよ」

「聞いてるよ。聞いてるつもり」

聞いてない、と学が首を振った。

「撮影のことだってそうだ。おれが段取りして、撮影までこぎつけたのに、それを全部否定した」

「あれは」あたしは言った。「あのままじゃ、とんでもない誌面になっちゃうと思ったから……」

「それが素人だっていうんだよ」学が声を荒らげた。「おれが集めたスタッフだぞ。おれのことが信用できないのか?」

「信じてるよ」

「だったら」

「だけど、あれは違うって思った。あの撮影は違うなって……」

あたしは涙目になっていた。学、わかってよ。あたしの言ってることを理解してよ。

でも、学は全然わかろうとしてくれなかった。組んだ腕はそのままだ。

「あたしはあたしなりに頑張った。努力した。そりゃ、編集のことなんて何もわかってないかもしれない。だけど、わかろうとした。それは確かよ」

「努力したのは認めるよ。だけど、これはそういう問題じゃない」

「何で? じゃあどういう問題なの?」

「素人がいくら頑張ったところで、そんな簡単に編集のことがわかるわけないだろうが」

学はあたしのことを編集の素人だと言う。それはその通りなんだけど、だったら学だって女性誌の編集に関しては素人だと思う。少なくとも、やったことがないという意味ではあたしと同じだ。

あたしのそんな想いが顔に出ていたのだろう。何だよ、と学が言った。

「おれの言うこと、間違ってるか」

「間違ってないと思う。でも、あたしが言っていることも正しいと思う」

何だよ、それ、と学が吐き捨てた。

「いくら言っても無駄だな」

学が立ち上がった。待ってよ、どこ行くの？

「帰る」

「帰るの？」

「ああ、帰る。時間の無駄だ」

返す言葉がなかった。あたしたちはほとんどケンカをしたことがない。だから、こんな時どうしていいのかわからなかった。

学が無言で玄関のところに行った。あたしは立ち上がってその後を追った。

「ねえ、本当に帰るの？」

「言っただろ。時間の無駄だって」

「そんな……」

もう学はあたしの方を見ていなかった。そのまま扉を開いて外へ出ていく。あたしはどうしていいのかわからないまま、その場に立ち尽くしていた。

5

翌日。

あたしは十一時に出社した。河本くんだけが来ていた。

「おはようございます」

「おはようございます……早いよね」

いやあ、と河本くんが言った。

「ラフ作ってたんですけど、思ってたより難しいっすね」

「そうだよね」

「お茶、飲みますか？」

河本くんが返事も聞かずに立ち上がって、編集部に備え付けられているコーヒーメーカーのところに行った。コーヒーを注いで戻ってくる。

「まあ、あんまりうまくはないですけど」

「ごめんね、ありがとう」

あたしはコーヒーを飲んだ。確かに、どうでもいい味だった。

「どう？　ラフは進んでる？」

「ぼちぼちです」

「ちょっと見せて」

「嫌ですよ」

「何で？」

「恥ずかしいっすから」

何だそりゃ。そんなこと言ってたって、何も始まらない。どうせ、最後にはあたしに見せなければならないのだ。

「そんなこと言わないで、ちょっとだけ見せてよ」

「……マジすか」

「マジよ」

じゃあ、と河本くんが何枚かの紙を持ってきた。あたしはそれに目をやった。

「うん」あたしはうなずいた。「いいと思う」

そうすか、と河本くんが照れたように頭に手をやった。

「何ていうか、絵が下手で」

河本くんの描いたラフは、確かに絵として見れば下手だった。丸と線だけで描かれている。だけど、わかりやすいものだった。

「こんなことやったことないし」

「それはみんな同じよ」

「まさか編集者になるなんて」

思わなかったですから、と河本くんが言った。あたしは肩をすくめた。

「そんなこと言ったら、あたし、編集長よ」

「そうすね」

「何の経験もないのに」

「ええ」

「こんなことになるなんて、思ってもみなかった」

正直言って、あたしには河本くんのラフの善し悪しを言うことはできなかった。そんなこと、わかりはしない。

でも、河本くんは一生懸命やっている。それはよくわかった。だから、あたしは河本くんのラフをいいと思うと言ったのだ。

「おはようございますう」

早織がやってきた。

「おはよう」

「何してるんですかあ?」

「河本くんのラフ見てたの」

進んでます？　と早織が言った。河本くんが首を振った。あたしもですう、と早織が不安そうな表情になった。

「何か、これでいいのかって思っちゃうんですよね」

「いいのよ、自分の判断で」あたしは言った。「それぞれ編集として判断をすればいいの。よっぽどマズイって思ったら、あたしが言うけど」

「マズイって思われたくないじゃないですかあ」

「みんな初めてのことなんだから、うまくいかないのは当然よ。とりあえず、トライしてみることね」

「トライ、ですか」

白沢さんが編集部に入ってきた。手にはカップを持っている。

「おはようございます」

あたしは言った。白沢さんをどうケアしていけばいいのか、それはあたしにとって難問のひとつだった。

編集部員なのだから、編集をしてもらわなければならない。だけど、白沢さんにそれが無理なのは、考えるまでもなかった。

だからといって、白沢さんを無視するような形でいろんなことを進めていったら、本人も傷つくだろう。プライドだってあるはずだ。

苦肉の策として、あたしは白沢さんに広告のページをすべて任せていたのだが、それでよかったのかどうかはわからなかった。

ただ、とりあえず白沢さんはそれでいいようだった。ほとんど喋らず、いつも微笑を浮かべている。

それでいいのだろうかとは思うのだけれど、他にどうしようもなかった。静観していようと思った。

それに、あたしだって実は人の心配をしている場合ではなかった。あたしにも担当ページがある。

そのラフを作らなければならなかったし、紹介されたデザイナーやカメラマンと会ったりする時間も必要だった。

しかも時間がない。もう九月だ。社長から言われているのは、十二月中に雑誌を出せということだった。その命令に背《そむ》くわけにはいかない。

とにかく時間がなかった。こんな時、頼りになるはずの学はやる気をなくしてしまったのか、定時になっても出てこない。子供のようだ、と思った。

要するに、うちの編集部は問題だらけだった。どうすればいいのか見当もつかない。

それでも、前に進んでいかなければならなかった。雑誌の編集というのはそういうものなのだ。

「今日、十二時にライターさんとデザイナーさんが来るから」

あたしは言った。

「そうなんですかあ」

「紹介したいから、なるべくみんな席にいてね」

「はーい」

早織が言った。この子は前向きなんだか何なんだか、とりあえず返事だけはいい。

「よろしくお願いします」

みんなが席に着いた。それを見計らっていたかのように、学が現れた。無言で自分の席に座る。

「おはようございます」

あたしは言った。あたしは冷静なのだということを伝えるための挨拶だった。

「おはようございます」

学が低い声で言った。ほとんど聞き取れない声だった。

「加藤さん、ラフは進んでますか」

「ラフ？」

「ええ、ラフです」

「ああ……進めてますよ」

だったらいいんですけど、とあたしは言った。できたら見せますよ、と学がうなずいた。

「編集長の判断次第ですから」

皮肉めいた言葉だった。あたしはいらいらしかけたけれど、ここは大人にならなければと思った。

「加藤さんは編集経験があるから、そんなに難しくないですよね」

どうすかね、と学が肩をすくめた。明らかにテンションは低かった。

「女性誌はやったことないんで」

「でも、ラフ描きの経験はあるでしょ?」

「そりゃあね」

学が言った。それ以上の言葉はなかった。あたしとしてはもっと話したかったのだけれど、会話を打ち切られたように感じていた。

(気分が悪い)

めまいがした。吐きたい。学のせいだ。

(これはストレスだ)

あたしは思った。あたしは今、心理的にはとんでもない状況に追い込まれている。泣きたくなった。何でこんなことになってしまったんだろう。

「編集長」河本くんが手を挙げた。「ちょっといいすか」

「何？」

あたしは顔を手のひらで拭《ぬぐ》ってから、立ち上がった。ラフなんですけど、と質問してくる。それに答えるべく、あたしは河本くんのデスクに行った。

6

準備は進んでいった。

ラフ描き、デザイナーやカメラマンとの打ち合わせ、スタイリストやメイクの手配、ライターとの話し合いなど、とにかくやることは多かった。もちろん、ドクターＤＪとの打ち合わせも必要だった。

あたしは基本的にそのすべての打ち合わせに立ち会った。編集長というものがどういう存在なのかわからなかったけれど、そうした方がいいと思ったのだ。

話してみるといろんなことがわかるもので、あたしたちには足りないものがいくつもあった。それを確認するだけでもひと苦労だった。

スタジオの手配もしなければならない。決して予算は多くないので、会社のスタジオを使うしかなかったが、他の編集部も同じことを考えている。スタジオは常に予約でいっぱいだった。その間を縫《ぬ》って、スタジオをキープするのもまた面倒な作業だった。

そして企画ごとのスタッフ全員のスケジュールを合わせなければならない。これが一番厄介な問題だった。

カメラマンの時間が取れたかと思えば、スタイリストがその時間はだめだという。モデルがオーケーなら、ヘアメイクがＮＧだという。そんなことの繰り返しだった。

まるでパズルのようなものだ。関係するスタッフ全員の了解が取れなければ、撮影はできない。何より、それが難しかった。

時間だけがどんどん過ぎていく。あたしたちはパニックに陥りそうだった。

それでも、強引に話を進めていけば何とかなるもので、複雑なパズルのピースがひとつずつ収まるべきところに収まっていった。全体のスケジュールが決まったのは、十日後だった。これで撮影ができる。

あたしはそれを長沼社長とドクターＤＪに報告した。別に反応はなかった。当然のことと思っているようだった。

あたしはその十日間、毎日夜中に帰っていた。家に帰っても何もできない。ただ寝るだけの毎日だった。

正直な話、シャワーも浴びずに寝たことも何度かあった。次の日に着ていく服のことなど考えられない。

毎日同じジーンズで会社に通った。上はそれこそ着回しだ。こんなことでいいのかと思ったけれど、仕方がなかった。

あれから、学からは何の連絡もなかった。ラインのひとつも来ない。

会社で会えばもちろん挨拶するのだけれど、それ以上踏み込んだ会話を交わすことはなかった。仕事上での会話はある。でも、それ以上はなかった。

あんなに仲が良かったのに、と思った。ちょっと前まで、あたしたちはそろそろ結婚について考えなければいけないね、と話し合っていたのだ。それがどうしてこんなことになってしまったのだろう。

だが、そんなセンチメンタルな感情を吹き飛ばすような事件が起きた。撮影を翌週に控《ひか》えた金曜日の夜のことだった。

7

その日、あたしはいつものように自分の仕事をこなしていた。ふと気がつくと、夜九時半になっていた。

（いけない）

食事を忘れていた。最近よくあることだったが、食事を取るのを失念してしまうのだ。

（どうしよう）

もう出前もやっていない。お菓子のストックも底をついていた。会社の近くにコンビニはあったけれど、出ていくのが億劫《おっくう》だった。

あたしは辺りを見回した。席に着いているのは河本くんだけだった。

「河本くん」

「何すか」

「チョコレートか何か持ってない？」

河本くんが自分の机の引き出しを開いた。ごそごそ捜し回っていたと思っていたら、チョコレートの箱が出てきた。

「どうぞ」

「ごめんね」

あたしはチョコレートを受け取って、一個食べた。美味しかった。

「最近、編集長はちょくちょくそういうことがありますね」

「……うん、まあ」

「頑張りすぎなんじゃないですか」

河本くんが心配そうな表情になった。

「だけど、頑張らないと終わらないし」

「無理しすぎですよ。食べるものは食べて、寝る時は寝ないと」

「わかってる」

河本くんが黙り込んだ。あたしはもうひとつチョコレートを口に入れた。

「心配なんです」

河本くんがぼそりと言った。何？　何のこと？

「編集長のことが」

「……ああ、ありがとう」

河本くんが顔を上げた。真剣な表情をしていた。

「あの、はっきり聞きますけど……編集長には、その、おつきあいされてる男性はいるんですか」

「はい？」

「交際している男性はいるんですか？」

いったい何を言っているのだろう、この人は。あたしが黙っていると、河本くんがゆっくりと口を開いた。

「ぼく、編集長のことが好きです」

頭の中が真っ白になった。何？　何で？　いつから？　どうしてそうなったの？

「もし編集長につきあってる人がいなかったら……つきあってほしいんです」

「河本くん」

「ぼくじゃ駄目ですか?」

「いや、駄目とかいうんじゃなくて……」

「じゃあ、オーケーですか?」

「それは……そんな急に言われても」

その時、編集部のドアが開いた。入ってきたのは白沢さんだった。

河本くんが暗い顔になった。もうこの話は続けられない、ということだった。

「編集長」最後に河本くんが言った。「考えといてください」

「……はい」

わかりました、とあたしは事務的に答えた。考えといてといわれても、まさかそんなこと考えられない。

あたしにはあたしの都合というものがあるのだ。学だっている。とにかく、今のあたしに、そんなこと考えてる余裕はなかった。

(どうしよう)

デスクに突っ伏した。何も考えられなくなっていた。

Story 10　トラブルって何？

1

（どうしよう）

河本くんから告白されたことで、パニックになっていた。

（何で、こんな時に）

今は大事な時期だ。雑誌の創刊を前に、みんなが心をひとつにしなければならない。そういうタイミングだ。

河本くんもそれはわかっているはずだった。なのに、好きですなんて。冗談じゃない。もっと考えなければならないことはいくらでもある。やらなければいけないことは山ほどある。

編集に集中しなければならない時なのだ。編集部内で恋愛なんかしている場合ではないだろう。

（学）

それに、あたしには学がいる。最近こそ、ちょっとギクシャクしてはいるものの、やっぱり学はあたしにとって大切な人だ。

別に河本くんが嫌いなわけじゃない。同じ部署の人間として、好意は持っている。ただ、それだけだ。それ以上の感情はない。

（まったく）

どうしようと思った。うやむやにしてしまえばいい。なかったことにしてしまえばいい。

そうは思うのだけれど、そううまくいくとも思えなかった。いずれはきちんと話をしなければならないだろう。

でも、いつすればいいのだろう。どう断ればいいのか。あたしはさっぱりわからなかった。

そうだ、こんな時のために彼氏というものはいるのだ。相談してみよう。それに、最近うまくいってなかった二人の関係を修復するためのいいきっかけになるかもしれない。

あたしはスマホを引っ張り出して、学にラインを打った。

〈相談したいことがあるの。返事をください〉

短文だったが、伝わるものはあるはずだった。返事をください。念を送りながら送信ボタンを押した。

あたしと学のライン交換は速い方だ。もちろん、何かしていれば別だが、お互いラインが来ればすぐ返信するのが常だった。

だから、四、五分もすると返事が来ると思っていたのだが、返事はなかなか来なかった。既読にもならない。十分待ち、二十分待ち、三十分待った。

それでも返事は来ない。どこにいるのだろうか。

あたしはホワイトボードを見た。学の行先は空白になっていた。いったい何をしているのか。

（直接電話してみようか）

あたしはスマホを持って立ち上がった。今、編集部には河本くんと白沢さんがいる。二人のいない場所で話さなければ。

「編集長」

声がかかった。河本くんだった。

「何？」

「いや、どうしたんすか、急に立ち上がって」

「別に……ちょっとトイレへ」

すいません、と河本くんが言った。そうだ、トイレだ。トイレへ行こう。

あたしは編集部の外に出た。ちょうどその時にスマホが鳴った。ラインの着信音。あたしはトイレに向かった。本当にちょっと気分が悪かったせいもある。個室に飛び込んで、スマホを見た。学からのラインが届いていた。

(遅いのよ)

つぶやきながら、画面を開いた。そこにはこう書かれていた。

〈忙しいからムリ。お前にはお前の考えがあるんだろ? 好きにすればいい〉

(何よ)

学の返事はプライベートと仕事がごっちゃになっているものだった。

(何なのよ)

悔《くや》しかった。そんなことじゃないのに。本当に相談したかっただけなのに。

いったい学は何を考えているのだろう。あたしには学のことがわからなくなっていた。

2

翌日、いつものように十一時に出社した。珍しく全員顔を揃えていた。

「おはようございます」

「おはようございます」

河本くんが立ち上がって礼をした。他のみんなも、おはようございますとか、お疲れさまですとか挨拶があった。

「編集長」河本くんが言った。「ちょっといいですか」

「何？」

「ラフが上がったんで、見てほしいんです」

「わかりました。そのへんに置いといてください」

自分の席に座って、パソコンをオンにした。とりあえずメールをチェックする。新しいメールは来ていなかった。

「加藤さん、ラフは？」

あたしは声をかけた。

「今、やってます」

学の返事はそれだけだった。あたしの口からため息が漏れた。

「丸山さんは？」

「もうちょっとなんですけど……頑張ります」

早織のデスクには女性誌が山のように積まれていた。彼女は彼女なりに努力しているということなのだろう。

「白沢さん、広告は順調ですか?」

白沢さんはこちらを見てにこにことうなずいていた。問題があったら困る。誰にでもできることをやらせているのだ。

「みんな、少し聞いてください」あたしは言った。「全体的に進行が少し遅れてます。撮影は来週からですけど、ラフは今日中に仕上げてください。打ち合わせの時間も必要ですから」

はい、と返事があった。河本くんがちょっと得意そうに辺りを見回した。

「編集長、ぼくのラフ見てくださいよ」

「はいはい」

河本くんはいつもよりテンションが上がっていた。昨日、告白したことで、気分が違ってきているのだろう。

あたしは憂鬱《ゆううつ》だった。これから河本くんにどう接していけばいいのかわからなかった。

(どうしよう)

思えば、面倒くさいことばかりだった。編集長になどなるものではない。

河本くんとのことも、いずれははっきりさせなければならないだろう。いつまでもこの状態が続くとは思えなかった。

そのうち、河本くんはあたしの返事を確かめてくる。それは間違いなかった。

「ラフ、できたんだ」

「はい」

それでも、とにかく雑誌ができあがるまでは、表面だけでもつきあっていかなければならない。それは確かだった。

「じゃあ、見せてください」

「何か、恥ずかしいですね」

河本くんが照れたように笑った。ラフを差し出す。受け取ったあたしは、それを一枚一枚見ていった。

3

時間だけが容赦《ようしゃ》なく過ぎていった。あたしたちはそれぞれがラフを作り、撮影前の打ち合わせを重ねた。

今度は失敗できない。プレッシャーがみんなの肩に重くのしかかっていた。

ただ、打ち合わせは順調だった。みんながきちんとしたラフを作っていたためもある。狙《ねら》いがはっきりしているので、説明はある意味楽だった。大事なのはターゲットとした読者に商品を買わせること。それ以外ではない。

カメラマンやデザイナーもその主旨《しゅし》をよくわかってくれていた。さすがに各誌からよりすぐりのスタッフを集めただけのことはある、と思った。

そして、いよいよ撮影の週が始まった。それぞれ担当者が自分の撮影を見守る。そんな時間が続いた。

あたしは、自分の担当するページではなくても、各担当者の撮影には必ず顔を出した。見張っているわけではないけれども、そうしていないと不安だった。

学以外はすべて素人だ。何かあった時に対処に困るようなことがあってはならない。だからすべての撮影に立ち合った。

でも、別に問題は起きなかった。細かいところで手間取ることはあっても大筋は問題なかった。

事前の打ち合わせを十分に重ねていたからというのもある。みんな自分のやるべき仕事がわかっていた。あたしはちょっと安心した。

三日目の昼、ドクターDJの烏丸社長が撮影の見学に来た。来るのは当然だろう。ドクターDJの名前を背負った雑誌なのだ。社長として気にならないわけがない。

朝から来ていた烏丸社長は、あたしたちの撮影をじっと見ていた。幸い口出しされるようなことはなかった。

もちはもち屋ということをわかっているのだろう。撮影に関しては任せてくれるようなので、あたしは安心した。

午後一時半、午前中の撮影が終了した。担当していたのは河本くんで、午後からは早織が撮影を始める予定だった。

とりあえずランチを取ろう、という声がスタッフの間から出た。もちろん食事は必要だ。河本くんが出前表を持って、スタッフの間を飛び回っている。

「ちょっと……いいかしら」

烏丸社長が声をかけてきた。はい、とあたしは答えた。

「高沢編集長、お茶でも飲まない？」

烏丸社長が言った。何かクレームをつけられるのだろうか。そういうことがあることは予想していた。

「大丈夫です」

あたしは覚悟を決めてうなずいた。どこか店はあるかしら、と烏丸社長は言った。会社の隣はカフェだったので、そこに行きましょうと提案した。

「いいわね。ケーキとかあるかしら」

歩いて一分のその店に入った。すぐ店員がやってきて、席を用意してくれた。あたしたちは向かい合わせに座った。

「何にする？」

「じゃあ……コーヒーを」

「あたしは紅茶を。あと、ケーキのメニュー見せてもらえる?」

はい、すぐに、と店員が言った。烏丸社長があたしの方を向いて笑った。

「お疲れさま」

「はい……いいえ」

あたしはどっちつかずの答えをした。

「本当に、疲れたでしょう」

店員がケーキメニューを持ってやってきた。ちらりとそれを見た烏丸社長が、あたしは
ショートケーキを、と言った。

「同じものでいいです」

あたしは言った。店員が頭を下げてその場を離れた。

「疲れたときは甘いものが一番」

でも太っちゃうわね、と烏丸社長が笑った。あたしもつきあって笑った。

コーヒーと紅茶が運ばれてきた。烏丸社長が紅茶にミルクを注いで掻き回す。しばらく
沈黙が続いた。

「最初にこの話をおたくの長沼社長からいただいた時ね」

烏丸社長が口を開いた。紅茶をひと口飲む。

「はい」

「企画はいいと思ったの。今、うちの会社に足りないものがあるとしたら、まさにそれなんじゃないかと思った。だから、企画に乗る判断をした」

「はい」

「でもね、よく聞いてみたら、編集長は未経験の素人で、しかも二十七歳だっていう。正直、困ったと思った」

　気持ちはよくわかる。あたしだって不安になっただろう。烏丸社長が話を続けた。

「まあ、若いのはいいけど、未経験っていうのはねぇ……今だから言えるけど、あたし、長沼社長に編集長を替えてほしいってお願いしたのよ」

「そうなんですか」

「うん。でも、長沼さんは頑としてゆずらなかった。この企画の発案者を外すことはできないって。長沼さんって変わってるわよね。そうは思わない？」

「……正直言って、思うこともあります」

　ねえ、と烏丸社長が手を振った。

「まあ、結局あたしが説《と》き伏せられる形になって、それで今日まで、きちゃったんだけれども」

「はい」

「でも、今日の撮影見てて思ったわ。いいじゃない、順調じゃない」

「そうですか?」

うん、と烏丸社長がうなずいた。誉められているのだとわかるまで数秒かかった。

あたしは気を落ち着かせるためにコーヒーをひと口飲んだ。正直言って、嬉しかった。

「ありがとうございます」

「頑張ってるのが伝わってきたわ」

烏丸社長が微笑んだ。ありがとうございます、とあたしはもう一度言った。

「スタッフ全員が努力してきましたから」

「あなたが編集長でよかった」烏丸社長が言った。「本当にそう思ってるのよ」

「ありがとうございます。嬉しいです」

「あなたも、充実してるでしょ」

「そうですね……忙しいですけど、毎日張りがあります」

「乗ってるってことよ。あたしも経験あるんだけど、そういう時って大事よ。勢いをうまく生かせば、万事うまくいくわ」

「そうだといいんですけど」

「あなた、彼氏いるの?」

いきなり話が変わった。何でしょうか、とあたしは言った。

「仕事も大事だけど、プライベートも大事よ」

「はい」

「あたしも女社長としてやっていけてるのは、主人と子供が支えてくれているから。あなたも大事な人がいるなら、その人を大切にしないとね」

「……そうですね」

「女はね、難しいのよ。仕事とプライベートを両立させるのは」

そうなんです、社長。大変なんです。あたし、今大変なことになっているんです。

「まあ、頑張りなさいってことよ」

ショートケーキが運ばれてきた。まあ、と烏丸社長が目を輝かせた。

「食べましょう食べましょう。美味しそう、これ」

話がどんどん変わっていく。うちの社長のことを変わった人だと言ったこの人が一番変わってる、とあたしは思った。

4

それからも毎日撮影は続いた。それはいつまで経っても終わらないことのように思えた。それでもやってみるもので、何とかページを埋めるだけの写真ができあがっていた。

「確かに前よりいいかも……」

早織が写真を見ながらつぶやいた。やり直した意味を誰かがわかってくれるのは嬉しい。大きく見れば、順調ということになるのだろう。

あたしの担当するページ、学や河本くんや早織の担当するページ、それが順調に仕上がっていった。もう終わりは目の前だった。

そんなある日のことだった。撮影現場に長沼社長が現れたのだ。

「いかがですか」

順調ですか、と長沼社長が言った。その日の担当ページは学だった。他にどうしようもない。あたしが社長の相手をすることになった。

「忙しいですか、高沢編集長」

「はい、とても」

はっきり言って、社長の相手をしている余裕はなかった。だけど、そんなことは関係ないとばかりに社長がスタジオの隅《すみ》にあたしを呼んだ。

「うまく進んでいるようですね」

社長がパイプ椅子《いす》に座った。あたしは向かい側に腰を下ろした。

「まあ何とか。ギリギリですけど」

あたしは既に台割を社長に提出していた。そんな必要があるのかどうかわからなかったけど、素人編集長としては後で何か言われるのが恐かった。だから事前に台割を社長に渡していたのだ。

特に何か言われることもなく、話は進んでいた。企画に問題はなかったのだとあたしは思っていた。

「わたしは社運を懸けてこの新雑誌創刊に取り組んでいくつもりです」

社長が言った。待ってください、社長。そんなこといきなり言われても。そんな大きな話じゃないんですって、これは。

出版界の景気が悪いのは、誰でも知っている。冷えた市場にいきなり通販雑誌が出たところで、そんなにうまくいくとは思えなかった。

いや、はっきり言ってうまくいかない可能性の方が高いだろう。負けたらいつでも撤退する覚悟はできていた。

「いや、この雑誌は売れます。売れなければいけないんです」

社長が言った。変わり者として有名な長沼社長は、確かにとても変な人だった。

「それでですね」

「何でしょう」

「通販誌ですから、特殊な企画がないのはよくわかります」

「はい」

「ですが、読者にとって物足りないのも事実です」

今さら何を言い出すのだろうか、この社長は。

「パンチというんですかね」社長が話を続けた。「なんかこう、ひとつ欠けてるように思えるんです」

「何でしょうか」

「高沢編集長は、長谷部レイというモデルをご存じでしょうか」

ご存じも何も、長谷部レイといえば今や大人気のスーパーモデルだ。バラエティ番組などにもよく出演している。テレビで見ない日はないぐらいの超がつく人気者だった。

「彼女の巻頭インタビュー。これを入れましょう。というか、表紙も彼女でいきませんか」

ちょっと待ってください、とあたしは言った。

「実は……オファーは出したんです」

「なるほど。さすが高沢編集長だ」

「でも……断られました」

雑誌の表紙にどんなモデルを使うかは、とても重要な問題だった。あたしたちは候補を挙げていき、その中には当然、当初から長谷部レイの名前もあった。

それはそうだろう。誰が考えても、長谷部レイが取れれば雑誌のバリューは高くなる。

彼女の名前を出したのはあたしだったが、あたしが言わなくても誰かが言っただろう。

そこであたしは所属事務所に連絡を取り、正面からオファーを出した。長谷部レイのマネージャーに会うこともでき、直接お願いもした。

だけど、交渉は失敗に終わっていた。通販雑誌の表紙モデルを務めるとイメージが悪くなる、というのが答えだった。その後も何度か連絡を取り、会って話したが、やはり無理だという返事があった。

マネージャーは誠意のある人だった。きちんと向かい合って話もしてくれた。でも駄目だった。どうしようもない。

今、表紙モデルは、各モデル事務所やタレント事務所にオファーを出している。結果を待っているところだった。

あたしはその経緯を社長に説明した。だが社長は、あたしの返事など聞いてはいなかった。

「長谷部レイでなくてはなりません」社長が言い切った。「彼女でなければ駄目なんです」

「手は尽くしました」

「いいえ、まだです。まだ時間はあります」

社長が言った。無理です、とあたしは首を振った。

「もう話はしたんです」

「話し合いなさい。とことんまで」

努力すればいい、と社長が言った。だからしたんだってば。

怒鳴りたかったけれど、まさかそんなわけにもいかない。どうすればいいのかわからず、あたしはただうつむくしかなかった。

5

社長が去っていった。

(どうしたものやら)

社長の言ってることはわかる。理想に向かって努力することは大事だ。だけど、可能なことと不可能なことがある。世の中にはできることとできないことがあるのだ。

長谷部レイ問題は後者だった。あたしたちは話し合いを続け、結局断られた。それが現実だ。

「編集長」河本くんが話しかけてきた。「社長、何だったんですか?」

「うん……ちょっとね」

「何か文句でも?」

「ううん、そういうわけじゃないんだけど」

「まあ、何言われたのかあれですけど」河本くんが優しい口調で言った。「あんまり気にしない方が」

「うん」

「現場のことは現場にしかわからないですよ」

「そうだね」

河本くんがさりげなくあたしの横に座った。

「ちょっと根をつめすぎなんじゃないですか」

「そう？」

「ええ、疲れているみたいですよ」

そりゃ疲れるだろう。あたしはすべての進行に関わっていた。

そして上横下からくるクレームにすべて対処していかなければならない。そういう立場だった。

これで疲れなければおかしいだろう。さんざん言ってきてることだが、あたしはしょせん素人なのだ。編集者ではない。もとはといえばただの経理部員だった。

そんなあたしに会社は何をしろというのだろう。何を期待しているのだろう。こんな責任は負いたくない。逃げ出したい。いつもそう思っていた。

「まあ、あんまり無理しないで」

「うん……ありがとう」

「ぼくでよかったら、何でも相談してください」

河本くんが言った。相談。じゃあしてみようか。

「表紙モデルの件なんだけど」

「はあ」

「社長が、どうしても長谷部レイでいけって言うのよ」

「長谷部レイですか……」

河本くんが顔をしかめた。表紙モデルの件は、白沢さんを除く全員で進めてきた話なので、河本くんも経緯をよく知っている。

「だって、NG出たんでしょ」

「そうよ」

「それなのに、彼女を？」

「そうなのよ。どうしたらいいと思う？」

そうですねえ、と河本くんが腕を組んだ。

「とりあえず、もう一回当たってみるしかないんじゃないんですか」

あたしはマネージャーに三回、会っていた。あれだけ意図を説明しても無駄だったのだ。もう一度会ったところで、結果は同じだろう。

「それとも、強力なコネを持つ人を捜すとか」

河本くんが言った。それもやっている。あたしは社内の他編集部で、長谷部レイもしくはその事務所と親しい人を捜していた。

実際、それがなければマネージャーに会うこともできなかっただろう。ある雑誌のグラビア担当が事務所のマネージャーと親しかったために、紹介してくれたのだ。

「あれ以上強いコネを持ってる人なんて、聞いたことがないわ」

「そうっすよねえ」

河本くんが頭を垂れた。あたしは肩をすくめた。

「どうしようもないのよ」

「社長はどうなんですか？　絶対って言ってるんですか？」

「長谷部しかないって。どこで覚えてきたか知らないけど彼女じゃなきゃ駄目だって」

社長の年齢から言って、社長が長谷部レイについて詳《くわ》しいとはとても思えなかった。どこかで仕入れてきた情報なのだろう。今、これ以上仕事を抱えるのは難しかった。

「だけど、この会社じゃ」

「そうなのよ。社長命令は絶対でしょ」

「ええ」

「ああ、どうしよう」

あたしは頭を抱えた。どうすればいいのだろう。カメラマンがシャッターを切る音が聞こえた。

6

その日の撮影が終わり、あたしたちは編集部に戻った。学、河本くん、早織が顔を揃えたところで、あたしは今日社長に言われたことを話した。

「げー」早織が言った。「そんな、無理ですよお」

「無理なのはわかってる。でも、社長命令なの」

あたしは言った。学が口を開いた。

「確かに、長谷部の件ではもうやるべきことはやったと思いますね。これ以上話しても無駄でしょう」

「じゃあ、どうすればいいと思う?」

「社長を説き伏せる方が早いと思いますね」

学があたしを正面から見た。だけど、とあたしは言った。

「あの長沼社長よ。どう話せばいいのか、見当もつかない」

「状況をありのままに伝えれば――」

「もうしました。どんな動きをしたのか、話しました」

「社長の反応は？」

「それでも何でも長谷部でいけって……」

泣きそうだった。どうしたらいいのか。

「とにかく、この週末までは撮影もありますから、動きは取れませんよ」

学が言った。早織と河本くんがうなずいた。

「撮影だけで手いっぱいですう」

「そう思いますね」

二人が口々に言った。そこに白沢さんが入ってきた。いつものように、手には紅茶の入ったカップを持っている。微笑もいつもと変わらなかった。

「今は表紙より中身の撮影の方が優先順位としては高いですよ」

学が言った。その通りだと思う。とにかく、内容をかためなければならないのは確かだった。

「撮影が終わったら、社長に直訴しましょう」学が言葉を続けた。「長谷部レイの起用は無理だと全員で訴えるんです」

なるほど。あたし一人の意見だと、社長もそれを退《しりぞ》けやすいかもしれないが、編集部全体の総意となれば、社長も考えを変えるかもしれなかった。

「でもねえ」あたしは弱音を吐いた。「あの社長でしょ？　何を言ったら納得してくれるのか」

「言葉を尽くして説明すれば、さすがに社長も納得しますよ」

学が言った。本当に？　と思った。何しろ社長は変人だ。それはよくわかっている。社内の人間なら誰でも知ってることだ。

長沼社長は、言ってみれば物腰の柔らかい独裁主義者だった。言葉は丁寧なのだけれど、何でも自分の思う通りに物事を動かしていく、そういう人だった。

もちろん、その社長の独特な感性で、今の永美社はある。それも事実だった。だから社長の意向に逆らうことはできない。永美社とはそんな出版社だった。

あの、と声がした。白沢さんだった。

「長谷部レイとおっしゃいましたね」

「……はい」

あたしは答えた。白沢さんの声を聞くのは久々だった。

「よくわからないのですが、彼女を何かのページで使いたいということですか」

「ええ……表紙と巻頭インタビューなんですけど」

「それは社長命令で？」

「はい、そうです」

白沢さんが時計を見た。夜の九時を回っていた。

ちょっと失礼、と白沢さんが携帯を取り出した。ボタンを押している。どこに電話をするつもりなのだろう。

「もしもし」白沢さんが言った。「久しぶりです。白沢です」

いったい何をしているのか。あたしたちは黙って成り行きを見守った。

「ああ、そうですか。うちの高沢とは会ってるわけですね」話が続いている。「困ってるんですよ。助けてもらえませんかね」

一分ほど沈黙が続いた。白沢さんがしきりにうなずいている。

「わかりますよ、おっしゃってることは」白沢さんが言った。「ただね、こちらのお願いもわかるでしょう」

また沈黙。白沢さんは誰と話しているのだろうか。

「そうです……カバーです。表紙です。インタビューも含めて。何とかなりませんかね」

白沢さんが電話を持ち替えた。

「今、どちらにいらっしゃるんですか……ＴＭＣ？」

ＴＭＣと言えばスタジオだ。そんなことは素人のあたしでも知っている。

「それじゃ、すぐ行きますよ。会って話しましょう」

三十分ほどで行きます、と白沢さんが言った。では後ほど、と電話を切った。

「高沢編集長」白沢さんがあたしに声をかけた。「出かけましょう」

「どこへ？」

「成城《せいじょう》です」

何がなんだかわからないまま、あたしと白沢さんは連れだって会社の外に出た。計ったようなタイミングでタクシーがやってきた。あたしたちは車に乗り込んだ。

「成城のＴＭＣまで」

白沢さんが言った。はい、と運転手がうなずいた。

「どういうことなんですか」

あたしは聞いた。長谷部レイのマネージャーとは昔からの知り合いなんです、と白沢さんが言った。

「彼女のデビュー前から、彼女のことは知ってました。彼女の初ＣＭの時、電報堂に紹介したのもわたしなんです」

知らない話がぽんぽん出てきた。何を言ってるのだろう。このおじいちゃんは。

「五年前ぐらいのことです。相島《あいじま》マネージャーとはそれからのつきあいでね。何、大丈夫。きちんと話せばわかってくれます、そういう人です」

わたしと同じで義理を大事にする人ですから、と白沢さんが言った。

「どうして今まで言ってくれなかったんですか」

「というか、長谷部レイを表紙に起用しようとしていると、聞いてなかったもので」

そういえばそうだった。あたしは白沢さんに話しても無駄だと思って、白沢さんのいないところで話を進めていた。まさかこんな近いところに強力なコネがあったなんて。

「今じゃＫＡＢもろくにわかりませんがね。昔はけっこういろいろあったんですよ」

白沢さんが言った。微笑は変わらなかった。

「何とかなるでしょうか」

「大丈夫。わたしを信じてください」

白沢さんは自信ありげだった。何となくあたしも安心していた。

急いでください、と白沢さんが言った。はい、と返事があった。タクシーのスピードが上がった。

Ｓｔｏｒｙ11　雑誌って何？

1

成城のＴＭＣという撮影スタジオで、あたしと白沢さんは長谷部レイのマネージャーである相島さんという人と会った。

あたしも何度か会ったことがあるのだが、その時とは態度から何から全部違っていた。大歓迎、という感じだった。

「いや、白沢さん、お久しぶりです」

あたしたちはＴＭＣの一階にある喫茶店に入った。ごぶさたしております、と白沢さんが言った。

「お忙しいようで、何よりです」

「いえ、何をおっしゃいます。これも白沢さんのおかげです」

相島さんが深々と頭を下げた。三十代であろうその人の頭には、白いものが目立っていた。

「そうですか、白沢さんが編集部に」

「お恥ずかしい」

白沢さんが笑った。いえいえ、と相島さんが首を振った。

「何か、白沢さんらしいですね」

コーヒーが出てきた。あたしたちはカップに口をつけた。

「うちの高沢編集長とはもう会ってるんですよね？」

白沢さんが聞いた。はい、と相島さんがあたしの方を見た。

「前に二、三度」

「その時の話し合いは不調に終わったとか」

「不調というか……まあ、その」

白沢さんが微笑した。相島さんがコーヒーにミルクを注いだ。

「なかなかですね、難しいといいますか」

「そりゃそうでしょう。わかりますよ」

白沢さんは笑みを頬に貼りつけている。相島さんが頭を掻いた。

「いえね、通販誌と聞いたものですから、ちょっと長谷部とはイメージが合わないんじゃないかって」

「わかりますよ」

白沢さんがうなずいた。相島さんがまた頭を掻いた。

「……申し訳ありません。白沢さんが編集部にいらっしゃるとは思わなかったものですから」

「いや、わたしもいけなかった。あなたに報告しておけばよかった」

「すいません」

「こちらこそ」

白沢さんが軽く頭を下げた。どうなんでしょう、と相島さんが口を開いた。

「その……長谷部のイメージが悪くなることは」

「ありません」白沢さんが断言した。「表紙とインタビューだけです。通販ページに長谷部さんは出ません。それにファッション誌寄りにつくっていますし。従来の通販誌とはちょっと違うんですよ」

「なるほど」

「相島さん、どうですかね。難しいですか?」

「いやあ、ちょっと……そうですね……」

相島さんがうつむいた。白沢さんがその肩を叩いた。

「たしか、長谷部さんはもうすぐご出演の映画が公開ですよね？　そのこともお話しいただいてもけっこうですし。雑誌、しかも創刊号の表紙というのは、悪い話ではないと思いますが」

「……はい」

「時間は取らせません。うちの会社へ来ていただくだけでいいですよね、編集長、と白沢さんが言った。あたしは何度もうなずいた。

「撮影とインタビュー含めて、二時間ほどで終わると思います」

「二時間。それぐらい何とかならないですかね」

「……はい」

相島さんがゆっくりとうなずいた。よかった、と白沢さんが手を叩いた。

「詳しい実務については高沢編集長と話してください。わたしは現場のことは何もわかりませんので」

「まったく……白沢さんにはかなわないなあ」

相島さんが苦笑した。やりますという意思表示だった。あたしは席の下でぐっと手を握った。

「スケジュールなんですけど」あたしは言った。「すべて合わせますので、都合のいいところを教えてください」

はあ、とため息をひとつついた相島さんがスマホに指を当てた。

2

話は急展開を見せた。

長谷部レイは忙しいようだったが、それでもどこかに時間はあるもので、翌週の火曜日の早朝七時から撮影ということに話は決まった。

相島さんから出された条件は、カメラマン、ヘアメイク、スタイリスト、ライターは指定されたスタッフで撮影、取材してほしいというものだった。あたしたちはもちろんそれを受け入れた。長谷部レイほどのタレントになると、スタッフというものは決まっているらしい。

あたしはカメラマンその他のスタッフの連絡先を確認した。事前に連絡は入れておいてくれるということだったので、問題はなさそうだった。

その他、細々とした打ち合わせが続いたが、それはタレント取材の時にはよくある話らしい。相島さん主導で話が決まっていったが、あたしの方はそれで十分だった。公平に見て、相島さんの態度はとてもフェアなものだった。

打ち合わせが終わり、あたしと白沢さんは会社へ戻った。帰りのタクシーの中で、あたしは改めて白沢さんにお礼を言った。

「いやいや」

白沢さんがにこにこと笑った。あたしはもう一度頭を下げた。

「白沢さんがいなかったら、こんなにうまく話が進むことはなかったと思います」

「相島さんはね」白沢さんが言った。「義理がたい人なんですよ」

「はい」

「だから何とかなった。ラッキーでしたね、編集長」

「ラッキーっていうか、白沢さんのおかげだと思います」

「もっと早く知っておけば、こんな急な話にはならなかったのですが」

「……すいません」

白沢さんが何もできないと決めつけていたことが、本当に申し訳なかった。

「いや、いいんですよ。とにかく話は無事終わったわけですし、撮影もできる。高沢編集長の努力を神様が見てたんですよ」

「そんな……ホントにありがとうございます」

いえいえ、と白沢さんが首を振った。そのうちタクシーが会社に着いた。

もう夜も遅かったのだけれど、あたしは相島さんに紹介してもらったスタッフに電話をかけていった。既に相島さんは連絡をしていてくれたようで、話はスムーズだった。

あたしは表紙のモデルが誰になるにせよ、イメージラフをデザイナーと作っていたので、それを各スタッフにメールした。ライターさんとは取材の内容について打ち合わせする必要があったので、翌日会社に来てもらうことにした。

そんなふうにして一日が終わった。何だったのだろう、とあたしは今日という日を振り返った。

(まさか、こんなことになるなんて)

悩んでいたことが嘘のようだった。白沢さんのおかげですべてがうまくまとまっていた。

「よかったですね、編集長」

残っていた河本くんが言った。学も早織も編集部にいた。みんな、成り行きがどうなっているのか心配だったのだ。

「うん……ありがとう」

白沢さんのおかげです、とあたしは言った。みんなが拍手をした。

「いやいや」白沢さんが言った。「何かお役に立ったのであれば、わたしとしても嬉しいです」

「白沢さん、持ってますね」

河本くんが言った。みんなが笑った。あたしは少しほっとしながら、その様子を見守っていた。

3

そして火曜日の朝六時、あたしたち全員が会社で待ち受けているところに長谷部レイがやってきた。実際に見る彼女はとんでもなくきれいだった。たしかに表紙を彼女が飾れば、この雑誌は売れるかもしれない。

早織の口から「わあ、カワイイ」という言葉が漏れたが、それは全員の感想でもあった。すぐメイクが始まった。

「長谷部はメイク時間が短いので」相島さんが言った。「一時間ほどで終わるでしょう」

その通りだった。長谷部レイほどのモデルとなると、メイク時間がすごく長いのではないかと思っていたが、それほどでもなかった。

あたしはデザイナーとカメラマンに撮影の狙いを説明していた。もう既に電話では話していたが、最終確認の必要があったのだ。

カメラマンはすぐにあたしたちの意図を察してくれた。段取りが決まり、後は長谷部レイを待つだけになった。

きっかり一時間後、長谷部レイがメイクルームから出てきた。よくテレビで見るあの長谷部レイだった。

「それじゃいきましょうか」

カメラマンが言った。あたしたちは撮影の様子を見守った。

一時間ほど撮ったところで撮影は終わった。写真をカメラマンとデザイナーが確認している。あたしも呼ばれてその横につらなった。

パソコンの画面に映し出された長谷部レイはとてもきれいだった。オーケーです、とあたしは指で丸を作った。

「じゃ、これで」カメラマンが言った。「明日午前中に納品します」

「よろしくお願いします」

あたしたちはうなずきあった。表紙が決まった瞬間だった。

「それじゃすいませんけど」ライターが声をかけてきた。「取材に移ってもいいですか?」

そうだった。まだ取材が残っていた。長谷部レイにインタビューをして、彼女のファッション観を聞くことになっている。それを忘れてはいけない。

ライターと長谷部レイはもう何度も一緒に仕事をしたことがあるということで、進行はスムーズだった。雑談めいた話を二人がしている。あたしは用意していた飲み物を取り出して、二人に渡した。

取材は順調に進んでいった。長谷部レイは別に不機嫌になることもなく、淡々と話している。こんなものだ、とあたしは思った。その時、長谷部レイが立ち上がった。

「白沢さん」

「こんにちは」

お久しぶりです、と長谷部レイが白沢さんに近寄った。にこにこ笑いながら白沢さんが挨拶をしている。ぼんやりしているようであなどれない人だと改めて思った。

まあ話は後で、と言って白沢さんが長谷部レイを席に戻した。再び取材が始まった。あたしたちはそれを見守っているしかなかった。

4

そんなふうにして最後の撮影と取材が終わった。他のページはゲラが出始めていた。

あたしたちの雑誌は通販誌だ。それぞれの特集ごとにテーマはあるけれども、何か特別な企画をやっているわけではない。

一番重要なのはページに載っている商品を読者に買わせたいと思わせることだ。それには全力を尽くしたつもりだ。

ゲラには商品番号や値段など細かい情報が載っている。今回はそれをチェックしていかなければならない。

もちろん、あたしたちだけでできることではないので、ドクターＤＪにもゲラを見せて、確認作業をしてもらう段取りになっていた。

あたしたちは担当していたページのゲラが出るたび、それを自分で読み、ライターに読ませ、ドクターＤＪに送るという作業を繰り返していた。

地味だが目が回るような忙しさだった。だけど奇妙な充実感もあった。雑誌が自分たちの手で出来あがっていく。今まで感じたことのない気持ちだった。

〆切はどんどん近づいてくる。進行が少し遅れ気味だったことも含め、あたしたちには時間がなかった。

かといって商品確認をいいかげんに終えることなどできない。毎日のように徹夜が続いた。

そして金曜日の夜、あたしたちはゲラを見ていた。夜に出前のうどんを頼んでいたのだけれど、あたしはひと口も食べられなかった。気分が悪かったのだ。

他のみんなも似たりよったりだった。食欲はなかった。ただひたすらに眠かった。

「まあ、頑張ろうぜ」学が言った。「もうあとひと息だ」

学とはいまだにまともに話してはいないけど、仕事はきちんとしてくれていた。

「頑張りますう」

早織がうなずいた。河本くんはただゲラをにらんでいる。白沢さんだけがにこにこと笑っていた。

「編集長、ドクターＤＪから電話入ってます」

学が電話を指した。あたしは受話器を持ち上げた。

メールで送ったはずの資料が届いていないという問い合わせだった。もう一度送りますと言って電話を切った。

あれ。

おかしいなあ。あたし、何をしているのだろう、今、電話をしていたよなあ。

何をすればいいんだっけ。そうだ、メールだ。ドクターＤＪの担当者にメールを送らなければ。

あたしはパソコンを開いた。マウスをクリックしようとしたが、手が動かなかった。

次の瞬間、あたしは机に頭をぶつけていた。頭の中が真白になって、急にそんなことになったのだ。

「編集長」

河本くんの声が聞こえた。はい。あたしはここにいます。

「編集長、どうしたんですか」

あたしは起き上がろうとした。その時、頭の中で何かが弾《はじ》けた。

急に辺りが真暗になり、その後のことは何も覚えていない。何が起きたのか、あたしにはさっぱりわからなかった。

5

気がつくと、ベッドの上だった。

あたしは上半身を起こした。左腕に細いチューブがつながっている。点滴を受けているのだということに気がついた。

(ていうことは)

ここは病院？　とあたしは思った。周りを見ると、確かにここは病室だった。

「あ、編集長」

早織の声がした。あたしは声の方を向いた。早織が病室の隅に座っていた。

「気がついたんですか」

「……何があったの」

「何がなんだか、さっぱり」早織が肩をすくめた。「ゲラ見てたら、編集長が倒れたって河本さんが騒ぎだして」

倒れた。意識を失っていたということなのか。

「何度も声かけたり体を揺すってみたりしたんですけど、全然返事がなくて。仕方がないから救急車呼んだんですぅ」

救急車。マジでか。そんな大事になっていたのか。

「大変だったんですよ」

早織が言った。ゴメンね、迷惑かけて、とあたしは頭を下げた。

「ずっとついててくれたの？」

「はい。女はあたししかいないし、こんな時に男はマズイだろうって加藤さんが言って……」

学らしい気遣いだった。確かに、こんなところを他の男性スタッフに見られたくはなかった。

「あたし、どれぐらい寝てた？」

「四、五時間ぐらいだと思います」早織が時計を見た。「それぐらいかと……」

「今、何時？」

「夜中の二時です」

「大変」あたしは毛布を体から引き離した。「こんなところにいる場合じゃないわ」

「落ち着いてください」早織が言った。「もう、今からじゃ何もできませんよ」

「だって、ゲラが」

「ゲラは会社でみんなが見てます。あたしもここに持ってきています」

「あたしが見なきゃ」あたしは言った。「あたしが責任者なんだし」

「今はそんなこと言ってる場合じゃないです」早織が近寄った。「体の方を心配しないと」

「だけど、仕事が」

「ちょっと待ってください。今、先生を呼びますから」

とりあえず、寝てててください、と言って早織が病室の外に出ていった。

どうしようと思った。こんなところにいる場合ではないことだけがよくわかっていた。

(早く戻らなきゃ)

あたしは頭を振った。くらくらする。これで仕事ができるだろうか。

(でも、しなきゃ)

立ち上がろうとした。病室に医師らしい白衣を着た男の人が早織に連れられて入ってきたのはその時だった。

「高沢さん」男の人が言った。「意識が戻ったようですね」

医師の萩本《はぎもと》といいます、と男の人が自己紹介した。早織が心配そうにこっちを見ている。

「……あのどういうことなんでしょうか?」

あたしは聞いた。萩本医師が小さく咳をした。

「すいません、外していただけますか」

早織に向けられた言葉だった。早織は不安げにあたしのことを見ていたが、結局は医師の指示通り病室の外へ出ていった。

「まあ、単純にいえば疲労ですね」萩本医師が言った。「相当忙しく働かれてたんじゃないですか」

「……はい、まあ」

「それに睡眠不足も重なって倒れたんだと思います。検査をさせてもらいましたが、異常は見当たりませんでした」

そうなのか。よかった。

「とりあえず点滴を打っておきましたので、問題はないでしょう。今日はここに泊まってもらった方がいいと思いますが、明日になれば帰っても結構です」

「ありがとうございました」

あたしはベッドの上で頭を下げた。萩本医師があごの辺りを掻いた。

「ただ、今後はあまり無茶しないように。睡眠と食事は十分に取ってください。規則正しい生活を心掛けるように。いいですね」

「はい」

「あなただけならともかく、もう一人の体じゃないんですから」

あれ。今の言葉はどういう意味だろう。あたしは首をかしげた。その様子を見て萩本医師が言葉を続けた。

「高沢さん、あなた妊娠してるんですよ」

あたしは絶句した。何ですって？　どういうこと？

「もう三ヶ月目に入っています。しばらくは気をつけた方がいい」

驚いたけど、言われてみれば納得できることもあった。確かに最近生理が来ていない。忙しさにかまけて気にしないようにしていたけど、妊娠したのなら生理が来ないのは当然だ。

それに、ここ一ヶ月ほど、あたしにはいつも吐き気があった。仕事からくるプレッシャーのためと思っていたけど、そうではなかったのだ。

目まいや食欲不振なども同じだろう。すべてはあたしが妊娠していたからだった。

（どうしよう）

萩本医師が何か言っている。でも、そんな言葉はあたしの耳に届いていなかった。

6

それから少し休んで、朝の七時に病院を出た。会社に行こうかとも思ったけれど、妊娠という事実は重い。あたしは家に帰って、今日一日は会社を休むことにした。昼前、会社に電話をすると、休んだ方がいいですよと早織に言われた。

「編集長、ずいぶん頑張ってましたもん。一日ぐらい休んでも全然オッケーですよ」

「ゴメンね」

「気にしないでください。仕事の方はみんなでカバーしますから」

ありがとう、と言ってあたしは電話を切った。無意識のうちにお腹をさすっていた。

（学）

そうだ、学に伝えなければ。だけど、何て言おう。あたしたちの関係はぎくしゃくしたままだった。でも、伝えなければならない。学は子供の父親なのだ。

なかなか電話をする勇気はわいてこなかった。ぐずぐずしているうちに夕方になってしまった。

結局あたしはスマホを取り上げ、ラインを一本打った。

〈ヤバイっす〉

文面はそれだけだった。それだけの文章を学に送信した。どうなのだろう。学は気づいてくれるだろうか。

五分後、着信音が鳴った。学からだった。あたしはスマホに出た。

「もしもし」

「おれだけど」

「はい」

「どうなんだ」学の声が低くなった。「疲労って聞いたけど、大丈夫なのか」

「あ……うん、そっちは大丈夫」

「それならいいんだけど……心配したんだぞ」

学の声は優しかった。本当に心配してくれているのが伝わってくる。そんな声だった。

「あの……あのね」

「うん？」

何と言えばいいのだろう。あたしにはわからなかった。

「どうした？」

「あのね……」

「……うん」

「あたし……妊娠したみたい」

沈黙。

「……聞こえた？」

「……聞こえた」

「どうしよう」

「……ちょっと、ちょっと待ってくれ」

「……はい」

再び沈黙。長い長い沈黙だった。数分経ったところで、学の声がした。

「もしもし」

「はい」

「一回切るぞ」

「……うん、わかった」

「とりあえず切るから」

じゃあな、と言って学が電話を切った。学の気持ちはよくわかった。混乱しているのだろう。無理もない話だ。

それからきっかり一時間後、家のチャイムが鳴った。あたしは玄関のドアを開けた。そこに学が立っていた。

「おす」学が入ってきた。「どうだ、体調は」

「良くはないけど……悪くもない」

そうか、と言って学がリビングのソファに座った。あたしも向かい側に腰を下ろした。

「何か飲む？」

いらない、と学が手を振った。しばらく沈黙が続いた。

「久美子」学が頭を上げた。「本当なのか、その……妊娠っていうのは」

はい、とあたしは返事をした。そうか、と学があたしの手を取った。

「わかった。久美子、おれたち結婚しよう」

学が握っていた手に力を込めた。あたしは学を見た。少し照れたような表情になっていた。

「……本気なの？」

「もちろん」

学がうなずいた。あたしは泣いていた。嬉しかったのだ。

「順番は逆になっちゃったけど、まあ仕方ない。親も許してくれるだろう」

「でも……会社は？　雑誌はどうなるの？」

学があたしの手を放した。腕を組む。

「お前としてはどうしたいんだ」

「……あたしは……あたしは……」

数ヶ月前、長沼社長に呼び出されて、通販誌の編集長になるように言われた時のことを思い出していた。あの時はできないと言ったけれど、どういうわけか雑誌は今まさにひとつの形になろうとしていた。

編集者になるなんて、考えたこともなかったけれど、そして経理の仕事が嫌だったわけではなかったけれど、数ヶ月の間編集という仕事と向き合って、あたしはその仕事が好きになっていた。

続けたい、と思っていた。あたしはそれを学に伝えた。

「不思議なもんだよな、編集っていうのは」学が言った。「どこが面白いんだかさっぱりわからないけど、一度足を突っ込んでしまえば抜け出せなくなる、そういう仕事なんだな」

「うん」

「続けろよ」学が腕を解いた。「あの雑誌はお前のものだ。お前がいなけりゃ回っていかない」

「……だけど、子供が」

「産めよ」

「そんな、両方なんて無理よ」

「いや、お前ならできる」

確信あり気に学が言った。そうなのだろうか。できるのだろうか。

「……でも、子育てなんて、あんなに忙しい仕事してたら」

「子育てはおれがやる」

「え？」

「子供はおれが育てると言ったんだ」

「どうやって?」

「おれは会社を辞める」学が言い切った。「主夫になるんだ」

「学」

あたしは言った。さっき学も自分で言ってたけど、編集者というのは不思議な仕事だ。一度はまってしまえば、なかなか辞めることはできない。

そして学は編集しかしたことのない人だ。それなのに、会社を辞めるだなんて。

「そりゃ本音を言えば、おれだって辞めたくはない。だけど、あの雑誌におれとお前のどちらが必要かと言われれば、公平に見てお前の方だ。おれがいなくても雑誌は回っていくが、お前がいなけりゃどうにもならない。あれはそういう雑誌だ」

「だけど……」

「だけども何もない。もう決めたんだ」

「一生のことよ」

「一生のことを一時間で決断しなければならない時もある」

「今がそうなの?」

「まあ、そうだ。今がその時だと思う」

学があたしの手を取った。

「この何ヶ月か、悪かったな。おれはお前がおれの上司だという立場にどうしても納得できなかった」

　それはそうだろう。年下の彼女がいきなり上司になった学の混乱はよくわかった。あたしだったら切れていたかもしれない。いや、学も切れかけていたけれど、最後の最後で踏みとどまってくれたのだ。

「いいのかな」

「いいんだよ。子供のことはおれに任せろ。雑誌のことはお前がやればいい」

「学に子育てなんてできるの？」

「お前に雑誌の編集長がつとまったぐらいだ。おれだって何とかなるだろう」

　あたしたちは顔を見合わせて笑った。そうだ、結婚しよう。結婚して、子供を産んで、雑誌を作って。それがあたしの人生だ。

「……学、あたし、やってみる」

「ああ」

　あたしたちは手を握り合った。その時、あたしのスマホが鳴った。

「……もしもし？」

「河本です」会社からだった。「すいません、お休みのところ」

「ううん、大丈夫です」

「実はドクターＤＪの烏丸社長から連絡がありまして、どうしても編集長と話がしたいということなんですが」

「話って?」

「さあ、そこまでは」

「わかった。連絡する」

「よろしくお願いします」

あたしは電話を切った。思わずため息が出た。学が苦笑していた。

「おちおち休めないな、編集長」

「まったく。先が思いやられるわ」

電話、するんだろう、と学がスマホを指さした。うん、とあたしは答えた。

「じゃあ、おれは会社に戻るから。まだやりかけの仕事があるんだ」

「ちょっと待っててよ。あたしも行くわ」

「会社にか?」

「そうよ、いけない?」

「いや、いいけど……体は大丈夫なのか」

「心配しないで」あたしはスマホのボタンを押した。「そんなやわな体じゃないわ」

「おや、そうですか」

学がつぶやいた。呼出音が鳴っている。あたしはスマホを握り直した。

エピローグ

十二月。いよいよ『デュアル・ジュノ』が創刊された。

見本誌を長沼社長に届けた時のことは忘れられない。社長はパラパラと中味を見て、結構ですね、とだけ言った。ねぎらいの言葉も、誉め言葉もなかった。でも、それは最大級に評価しているという意味だとあたしにはわかった。

内容については、社内でも賛否両論いろいろあったが、とりあえず初刷の七十パーセントは売れた。長谷部レイのおかげかもしれない。そしてそれは白沢さんのおかげかもしれなかった。

長沼社長は、創刊号の出来栄えに満足しているようだった。次号もよろしくお願いしますよ、と言われた。また続けられるのだ。

そしてドクターＤＪの烏丸社長からも、ご苦労さまでしたとねぎらいの電話があった。何でも、雑誌発売以降、雑誌に掲載されていたアイテムが約二十パーセント売り上げが上昇したということだった。

あたしと学は雑誌の発売日に総務へ行き、結婚することを報告した。同時に学は辞表を出した。永美社では社内結婚もよくあったのだが、たいがいの場合、そのまま二人とも会社に残るか、女性の方が退職するかだったので、ずいぶんと驚かれた。

何で加藤が辞めるんだ、といろいろ噂をされたみたいだけど、あたしたちには関係なかった。あたしたちはもちろん自分たちの親にも結婚について報告し、年内に会いに行くからということを伝えた。どちらの親も、あまりに突然の話なので驚いていたが、最終的には納得してくれた。

年末、白沢さんが定年を迎えた。雑誌に対してはあまり力を発揮できなかったが、とにかくあの長谷部レイを連れてきてくれた功労者だ。あたしたちはみんなでさよならパーティーを行った。白沢さんは最後までにこにこしていた。

河本くんはあれから何も言ってこない。あたしのことを好きになったとか言っていたけれど、あたしが学と結婚することを聞いて、諦めてくれたのだろう。最近他の部署の女の子とつきあいだしたと聞いたけれど、うまくいっているのだろうか。

早織はますますギャル化が進行している。年末、とうとう頭を金髪に染めて出社してきた。まあ、仕方のないことなのだろう。別に注意することもなく、そのまま今に至っている。

そして編集部には辞めた学と白沢さんの代わりに、二人の編集者が入ってきた。二人とも雑誌部のバリバリの現役だ。

あたしなんかよりよほど実力を持っている。もちろん二人とも年上だ。頑張らなきゃいけない、と思った。

あたしはずいぶんとお腹が目立ってきた。最近はお腹の中で赤ちゃんがやたらと動いているのがよくわかるようになっていた。

あたしは大きくなったお腹を抱えて出社している。学が家のことをやってくれるので、それはありがたかった。さすがに一人暮らしが長かっただけに、炊事、洗濯、掃除などは器用にこなしてくれていた。

問題はない。あとは『デュアル・ジュノ』をいかにしていい雑誌に、もっと売れる雑誌にするかだ。

創刊号は出たけれど、反省点はいくらでもあった。それを改善していき、よりよい雑誌として売っていかなければならない。まだまだ、すべてはこれからだ。ゴールは果てしなく遠い。

「編集長、ゲラ見てください」

早織が言った。はいはい。何でもしますよ。

新米編集長、高沢久美子、ただ今妊娠五ヶ月。ますます頑張らなくっちゃ！

解説　だから編集者はやめられない

フリーライター・編集者　阿《あ》部《べ》花《はな》恵《え》

編集ってどんな仕事なんだろう。

編んで集める？　集めて編む？　ううむ、分解してみてもいまいちピンとこない。『編集ガール！』を読み始めてすぐに、私は「編集」という仕事にぼんやりとしたイメージしか抱けなかった学生の頃の自分をまざまざと思い出した。

作家は小説を書く人、カメラマンは写真を撮る人、モデルは服を着て撮られる美人。じゃあ編集者って何する人？

出版業界の外側から見たときに、おそらく最も実態がわかりづらいのがこの「編集」という仕事ではないだろうか。そして、もしもあなたが「編集」の世界にちょっぴりでも興味があるのならば、『編集ガール！』は絶好の入門エンタテインメントだ。

主人公の高沢久美子《たかざわくみこ》は二十七歳。中堅出版社の永美社《えいびしや》に勤めているが、「編集者」ではない。もともと経理採用だった彼女は新卒で入社して以来、ずっと経理部一筋だ。ページュのスーツで朝九時半に出社し、十二時になるとランチに出かけて同僚とボーナスの噂《うわさ》をし、夕方五時半には退社する。こっそり社内恋愛中の彼氏とのあいだには、そろそろ結婚の話も出てきている。

そんな穏《おだ》やかで順風満帆《じゅんぷうまんぱん》な毎日を送っていた久美子が、ある日突然、社長命令で新雑誌の編集長に任命されてしまう。編集未経験どころか、そもそも編集者志望じゃないのにいきなり編集長って⁉　久美子は泣きながら辞退を申し出るも、変わり者のワンマン社長は一切聞く耳持たず。

会社を辞めるか、編集長をやるか。

究極の二択を突きつけられた彼女は、やむなく新雑誌編集部の編集長職を引き受ける。だが、集められたメンバーはほぼ素人《しろうと》ばかりの寄せ集め集団。しかも幸か不幸か、部下の中で唯一の編集経験者だったのは、周囲に内緒でつきあっている恋人の学《まなぶ》で……。

「無理です」「無茶です」「できません」「わかんない」「誰か助けて」

物語の前半、久美子はほとんどそんなことばかり言っている。経理部員としてはそつなく仕事をこなしていた彼女も、雑誌編集の現場はまったくの素人。知識も経験もコネもない。丸腰、手ぶらのド新人編集長だ。

だが賽《さい》はぶん投げられてしまったのだ。会社員である以上、とにかく与えられた業務をこなさなければならない。久美子はいまや自分の部下とさせられた学を頼りに、手探りながらも新雑誌のたちあげに奔走《ほんそう》する。

企画を考え、モデルや商品を手配して、カメラマンに撮影指示を出し、デザイナーに誌面を組ませて、写真に添《そ》える文章をライターに発注する。それらすべての素材をまとめあげて、ページを作っていく。

集めて、集めて、集めて、編む人。どうやらそれが編集者というものらしい。読者は久美子と同じ目線から、編集という仕事の内容を知っていく。要するにその実態は、ひたすらに地味な作業と面倒な折衝《せっしょう》の積み重ねだ。

けれども不思議なことに、編集という仕事にはやみつきになる魅力がある。あまりに青臭く、恥ずかしいので今まで誰にも言ったことがないが、私は出版業界に入って三日目で「あ、これ天職かも」と思った。思ってしまった。

雑誌編集はチーム戦だ。「こんな記事を作りたい」と思い描いた企画が、カメラマンやデザイナーの力を借りて肉付けされていく。地味な作業の積み重ねは、最終的には本という目に見える形で報《むく》われる。集めて、編んで、一冊の本ができる。本を作る現場って、楽しい。その手応えに、代え難い面白さを感じてしまったのだ。

だがどんな会社でも、編集者の業務はたいてい過酷だ。膨大《ぼうだい》な作業量、遅れる進行、突発的なトラブル、徹夜も当たり前な日々。今はフリーランスになったが、会社勤めをしていた頃の私は不規則極まりない、馬車馬のような仕事一色の生活を送っていた。

　午前三時、会社のソファで行き倒れるかのように仮眠を取る私の寝姿を見かけた同期の男の子は「哀《あわ》れだな、と思った。あとパンツ見えてたよ」と後日教えてくれた。「何か新しいことをやってみろ」と漠然とした無茶ぶりを得意とする上司（本書に登場する社長に瓜二つ！）がいたし、過酷な作業量とプレッシャーに耐え切れず突然行方をくらました後輩もいた（北海道に遁走《とんそう》していた）。道行く人を捕まえなければならないファッション誌のスナップ撮影は、人見知りな自分には拷問《ごうもん》だった。恥ずかしさからなかなか声を掛けられず、半泣きのまま時間だけが過ぎていく。でもやらないと終わらない、「私」がやらないと絶対に終わらない、そのことだけは揺るがない事実だとわかっていたから、必死だった。

　久美子も同じだ。「私」がやらないと終わらないし、始まらない。自分の頭で考えて、決断を下していかなきゃいけないんだ。物語中盤で彼女はようやくそのことを自覚する。「Ｓｔｏｒｙ８　編集長って何？」で彼女が下した大きな決断は、編集経験者なら「うおお、勇気あるね、アンタ」と呟《つぶや》かずにはいられないだろう。弱音ばかり吐いていた久美子が、最初はおずおずと、けれどやがて腹をくくってキッパリと自分の意見を主張できるようになっていく。嫌味を言われても、反発を食らっても、編集長として正しいと信じる価値観を貫く。その結果、プライドを傷つけられたと感じてふてくされる年上の恋人にも、久美子は毅然《きぜん》としてこう言い返す。

「おれの言うこと、間違ってるか」

「間違ってないと思う。でも、あたしが言っていることも正しいと思う」

自分が正しいと信じられることを正しいと主張する、違うと感じたことは勇気を出してそう表明する。その結果とリスクを引き受ける覚悟を持つこと。業種は関係ない。仕事をして生きていくということは、それを学び、摑《つか》みとっていくことなのだ。万事に受け身で人任せだったヒロインが、主体性を持つようになるまでの過程を、作者はテンポよく、けれどじっくり丁寧に描き出していく。

女性読者なら、本書とどこか似た手触りを持つ「年下の男の子」三部作で五十嵐貴久《いがらしたかひさ》という作家を知った人も多いかもしれない。三十七歳のヒロインと二十三歳男子の恋愛模様を、リアリティたっぷりに描いた同シリーズは、世の女性たちに希望とときめきを与えてくれた。働く女性が主人公という点は共通しているが、「年下の男の子」シリーズが恋愛メインなことと比べると、『編集ガール！』はお仕事小説としての側面がより強く打ち出されている。素人がいきなり編集長に抜擢《ばってき》されることは現実にはそうないが、読んでいて「胸がすく」思いをさせてくれるのは、本書のようなお仕事小説の効用だ。

さて、不本意ながらも久美子の部下となった学は、彼女の変化を最終的にどう受け止めるのか？　そもそも受け止められるのか？　仕事で疲れきっている彼女に、ほぼ強制的に生姜《しょうが》焼きを作らせるような男が？　ラストで学が取った予想外の行動は、今の時代らしい選択肢といえるだろう。久美子が仕事を通じて女を上げたように、学は最後の決断で男を上げる。彼女と彼、それぞれの第二章をいつか読んでみたい。

（この作品『編集ガール！』は平成二十四年十月、
小社より四六判で刊行されたものです）

一〇〇字書評

切り取り線

購買動機（新聞、雑誌名を記入するか、あるいは○をつけてください）

□（　　　　　　　　　　　　）の広告を見て
□（　　　　　　　　　　　　）の書評を見て
□ 知人のすすめで　　□ タイトルに惹かれて
□ カバーが良かったから　　□ 内容が面白そうだから
□ 好きな作家だから　　□ 好きな分野の本だから

・最近、最も感銘を受けた作品名をお書き下さい

・あなたのお好きな作家名をお書き下さい

・その他、ご要望がありましたらお書き下さい

住所	〒				
氏名		職業		年齢	
Eメール	※携帯には配信できません		新刊情報等のメール配信を 希望する・しない		

この本の感想を、編集部までお寄せいただけたらありがたく存じます。今後の企画の参考にさせていただきます。Eメールでも結構です。

いただいた「一〇〇字書評」は、新聞・雑誌等に紹介させていただくことがあります。その場合はお礼として特製図書カードを差し上げます。

前ページの原稿用紙に書評をお書きの上、切り取り、左記までお送り下さい。宛先の住所は不要です。

なお、ご記入いただいたお名前、ご住所等は、書評紹介の事前了解、謝礼のお届けのためだけに利用し、そのほかの目的のために利用することはありません。

〒一〇一-八七〇一
祥伝社文庫編集長　坂口芳和
電話　〇三（三二六五）二〇八〇

祥伝社ホームページの「ブックレビュー」からも、書き込めます。
http://www.shodensha.co.jp/bookreview/

祥伝社文庫

編集《へんしゅう》ガール！

平成27年9月5日　初版第1刷発行

著　者　五十嵐貴久《いがらしたかひさ》

発行者　竹内和芳

発行所　祥伝社《しょうでんしゃ》
東京都千代田区神田神保町3-3
〒101-8701
電話　03（3265）2081（販売部）
電話　03（3265）2080（編集部）
電話　03（3265）3622（業務部）
http://www.shodensha.co.jp/

印刷所　萩原印刷
製本所　関川製本
カバーフォーマットデザイン　芥 陽子

Printed in Japan ©2015, Takahisa Igarashi　ISBN978-4-396-34141-1 C0193

祥伝社文庫　今月の新刊

五十嵐貴久
編集ガール！
新米編集長、ただいま奮闘中！　新雑誌は無事創刊できるの!?

西村京太郎
裏切りの特急サンダーバード
列車ジャック、現金強奪、誘拐。連続凶悪犯VS十津川警部！

柚木麻子
早稲女《ワセジョ》、女、男
若さはいつも、かっこ悪い。最高に愛おしい女子の群像。

草凪　優
俺の女社長
清楚で美しい、俺だけの女社長。もう一つの貌を知り……。

鳥羽　亮
さむらい　修羅の剣
汚名を着せられた三人の若侍。復讐の鬼になり、立ち向かう。

小杉健治
善の焔《ほのお》　風烈廻り与力・青柳剣一郎
牢屋敷近くで起きた連続放火。くすぶる謎に、剣一郎が挑む。

佐々木裕一
龍眼　争奪戦　隠れ御庭番
「ここはわしに任せろ」傷だらけの老忍者、覚悟の奮闘！

聖　龍人
向日葵《ひまわり》の涙　本所若さま悪人退治
洗脳された娘を救うため、怪しき修験者退治に向かう。

いずみ光
さきのよびと　ぶらり笙太郎《しょうたろう》江戸綴《つづ》り
もう一度、あの人に会いたい。前世《さきのよ》と現《うつつ》をつなぐ人情時代。

岡本さとる
三十石船　取次屋栄三
強い、面白い、人情深い！　栄三郎より凄い浪花の面々！

佐伯泰英
完本　密命　巻之六　兇刃《きょうじん》　一期一殺《いちごいっさつ》
お杏の出産を喜ぶ惣三郎たち。そこへ秘剣破りの魔手が……。